王继颖

著

全民阅读精品文库

守住
发芽的梦想

中国言实出版社

图书在版编目（CIP）数据

守住发芽的梦想 / 王继颖著 . -- 北京：中国言实出版社，
2018.6

（当代实力派作家美文精选集 / 凌翔，汪金友主编）

ISBN 978-7-5171-2688-1

Ⅰ.①守… Ⅱ.①王… Ⅲ.①散文集－中国－当代
Ⅳ.① I267

中国版本图书馆 CIP 数据核字（2018）第 135969 号

责任编辑：史会美
出版统筹：李满意
插图提供：荷衣蕙
排版设计：叶淑杰
　　　　　严令升
封面设计：戴　敏

出版发行　中国言实出版社
　　　　　地　址：北京市朝阳区北苑路 180 号加利大厦 5 号楼 105 室
　　　　　邮　编：100101
　　　　　编辑部：北京市海淀区北太平庄路甲 1 号
　　　　　邮　编：100088
　　　　　电　话：64924853（总编室）　64924716（发行部）
　　　　　网　址：www.zgyscbs.cn
　　　　　E-mail：zgyscbs@263.net
经　　销　新华书店
印　　刷　三河市金元印装有限公司
版　　次　2018 年 6 月第 1 版　　2018 年 6 月第 1 次印刷
规　　格　710 毫米 ×1000 毫米　1/16　13 印张
字　　数　180 千字
定　　价　49.80 元　　ISBN 978-7-5171-2688-1

散文的气质

红孩

每一个人都不是孤立存在的，他需要社会的滋养。社会就是人群之间的往来，既然人与人之间有往来，就必然会有人与人之间的评价。评价一个人，标准很多，可以用小家碧玉，也可以用大家闺秀，最简单的方法就是用好人和坏人区分。这在二十世纪六七十年代的电影中处处可以看到。而事实上，这世界的芸芸众生，哪里有那么多的好人和坏人，好人和坏人是相对的，就大多数人而言，基本属于不好不坏的人。

生活中，我们对一个人的外表评价，通常爱用"气质"这个词。譬如，形容某个女人漂亮，常用气质高雅；形容某个男人有修养，喜欢用气质儒雅。由此可见，气质这个词是人们所需要的，也是男女可以通用的。查现代汉语词典，对气质的解释有两种：一是指人的相当稳定的个性特点，如活泼、直率、沉静、浮躁等，是高级神经活动在人的行动上的表现；二是人的风格和气度，如革命者的气质。很显然，我们一般选择的是后者，前者过于确定，不过后者也让人感觉到是属于不好定义的那种。

同样，我们看一篇文学作品，往往也会从作家的文字中读出其人与文的气质。这就是所谓的文如其人。以我的见识，人和文在很多的时候并不一致。一个文弱的书生，他的气节和人格可能是刚硬的。鲁迅个头不足一米六，可谁能说鲁迅不高大呢？不管怎样，我们看一个人的作品总会很自然地和这个人的人品联系在一起。所以，我们在研究一个人的作品时，往往会从作家的社会性和作品的艺术性两个方面来考证。近些年，社会价值取向多元化，人们对过去的人和事也变得宽容起来，像过去被封杀被长期边缘的作家作品逐渐走向人们的视野，这些作品甚至如日中天地成了一段时间的文学主流。文学的艺术性与社会性，是不可割裂的，过于强调哪一方面都会失之偏颇。

　　散文也是如此。我们说一篇散文的优劣得失，其评价体系也很难绕开艺术性和社会性。当然，如果是风景描写的那种游记作品，就另当别论了。即使是风景描写，也不完全超脱于当时的社会背景，如《白杨礼赞》《茶花赋》《荷塘月色》《樱花赞》等。假设我提出鲁迅、冰心、朱自清、杨朔等作家的作品具有散文的优秀气质，不知会不会有人站出来反对？我想肯定会有的。据我所知，有相当多的一些作者，始终坚持散文的艺术性，而不愿提作品的社会性，似乎一提到社会性就是和政治挂钩。

远离政治，已经成为某些作家的信条。前几年，周作人、林语堂等二十世纪二三十年代的作家突然走红，就是被这类人追捧的结果。以我个人而言，我对散文创作的路数是提倡百花齐放的，风花雪月与金戈铁马都可以成为作家笔下的文字。我们不能说写花鸟鱼虫、衣食住行就题材窄、格局小，就缺少散文的气质。有的作家倒是常把江河万里挂在嘴边，可其文章味同嚼蜡，一点散文的味道都没有，更谈不上散文的气质。

我理解的散文的气质，首先是文字的朴素、洁净，如果一篇散文连这一点都做不到，就很难有别的作为了。这就如同我们看到一个衣衫不整的人，他怎么可能有好的气质呢？然后，作品的内容要更多地承载读者所要获取的知识、信息、情感、思想的含量。第三，在写作技巧上，要发掘出生活的亮色，特别是能在所见的人与物中悟出人生的道理和对世界的看法，且能熟练地运用修辞手法和文章的结构方法。第四，文章的意境要高拔出常人的想象与思维，具有超越时代的精神高度。第五，要做到内容和形式的统一，其内外气场要打通，要浑然一体，有霸王神弓那种气派。有了这些，还不够，一篇好的散文必须与社会相结合，要得到广大读者的认同与共鸣。这个社会的认同，光是一时的认同还不行，它还必须是超越时代的，像我们读《岳阳楼记》那样，要能产生"先天下之忧而忧，后天下之乐而乐"那样的人生思想境界，这才算真正地具有了散文的气质。

　　散文的气质是不可确定的，不同的作家创作了不同的作品，其气质也是不尽相同的。气质是最让人捉摸不定的东西，它像风又像雨，很难用数字去量化。大凡这种捉摸不定的东西，恰恰是审美不可回避的问题。艺术的美是感悟出来的，即我们常说的艺术就是感觉。在这里，我们也可以把散文的气质说成散文的气象，气象可以是眼前的，也可以是未来的。我喜欢"气象万千"这个成语，它如果作用于散文，那就是散文是可以多样的。一篇优秀的散文一定有着不同寻常的气质，拥有了这个气质，你就能鹤立鸡群，就能羊群里出骆驼。

　　　　　　　　　　　　　　　　（作者系中国散文学会常务副会长）

目　录

第三辑　浅情薄意

第四辑　细节之光

第一辑　模拟返航

在呵护成长的过程中，为了孩子在路途上、身体上、学业上、心灵上能一次次成功地抵达，一次次顺利返回平安的、健康的、向上的、温情四溢的港湾，他们一定都有过无数次模拟返航。

守住智慧与有衣有米

明代思想家、哲学家、文学家和军事家王守仁出生那天，他祖母梦见仙人乘五彩祥云送来可爱婴儿。祖父认为是吉兆，坚信孙子是天才，给他取名"云儿"。孙子五岁仍不开口说话，祖父认为"云儿"道破了孙子踏祥云而来的天机，直怪自己糊涂，思虑再三，取《论语》中"知及之，仁不能守之，虽得之，必失之"之意，给孙子改名"守仁"。祖父希望孙子以仁保守住天赋智慧，日后成为德才兼备的圣贤。

祖父因给孙儿取的名字自责糊涂，并苦思冥想为孙儿改名寄托殷切希望，足见一片拳拳爱心。

比起大人物王守仁，我是个再庸常不过的小女子。然而，多年来安于忙碌平凡的工作，日子平淡却衣食无忧，知足惜福的情绪常孕育成淡泊乐观的花蕾，于举止言谈间粲然绽开。

"有衣有米，你的名字取得好哇！"人到中年，大姨忽然觉悟，指着我名中的"继"字感慨。

我一直满意的，是名中的"颖"字，聪慧之义，如"匕"的利刃，如稻、麦等禾本科植物籽实的芒，惹眼得很；灵透之音，如山间清溪激石声响泠泠，如林中飞鸟啼鸣自在抒情；溢美之词，聪颖、颖慧、颖悟、颖异、脱颖而出，都与愚钝相去甚远。

我和姐姐，大伯家的女儿，名中皆有"颖"。大伯取的"颖"字，寄托了父母辈的厚望，也是一种美好的祝福。母亲幼时聪慧，却因家中困窘又少劳力而早早辍学，她曾盼我接续她的读书梦，能学有所成。大伯年少颖悟，长大才华过人，退休前做了多年的文联主席。继续、继承、继往开来，向来以为我名中"继"字含义如此，觉得自己学生时代还算聪明、工作后爱上文字，与我的名字不无关系，与母亲的遗传和大伯的熏陶密不可分。

无数次写下自己的名字，满心自豪地端详"颖"字，却常忽略"继"字，从不曾将绞丝旁和米部联系到一起，联想到有衣有米。姨妈一语，道破玄机。有衣有米，正合了赐我"继"字的父亲平实过家的秉性。父亲从来盼望的都是我们衣食无忧、健康自足。几十年关心的，也是我们的穿衣吃饭。如今，年近七十的父亲，得知我们要回家，依然早早买菜备饭，馈赠儿女一大桌美食。

没读过《说文解字》的父亲，定下我名中"继"字前一定也思虑再三，注目着"继"字联想过有衣有米，一定如我给女儿取名时颇费了心神。从不迷信的我，得知刚出生的女儿是金命，反复默念着"土生金"，定下小名"苗苗"后，寻遍字典词典，喜得"佳""坤"。两字中三个"土"，两字合起意为好土好地，我憧憬着一棵幼苗苗壮成长，才算满意。

无论是"守住智慧"还是"有衣有米"，我们的名字，都寄托着亲人的美好期盼与祝福，承载的爱意至浓至深。

姥姥的追问

我和姥姥同住一个小城，有近一年时间，却害怕去看她。

蛇年六月，我打电话给母亲："最近，姥姥还问三姨的事吗？"

母亲长叹一声，说："有一阵子不问了。"

"那你和老姨再来看姥姥，别忘了给我打电话。"

几天后的周日，我见到了姥姥。老姨给她洗过脚，我和母亲陪她闲聊。曾经，常给姥姥洗脚的，是三姨。因为三姨家也在小城，离姥姥近，每天都要风雨无阻地去陪伴照顾她一会儿。那时，姥姥已半年见不到三姨了。

那年九月，三姨被查出胰腺癌。初次去北京治疗回来，三姨还常撑着日渐瘦弱的身体骑自行车或打车去陪姥姥。十二月，第二次去北京治疗回来，三姨再也没能去看姥姥。三姨卧病在床时，还天天和姥姥通电话，相互关切慰问。一个多月过去，春节将至，三姨连电话也不打了。姥姥几次三番提出要舅舅开车载着去看三姨，却每一次都听到拒绝她的理由：怕她带进细菌交叉感染，怕三姨见到她情绪激动病情加重……

针对那些理由，姥姥曾一次次追问。

"谁照顾她啊？"

大姨告诉姥姥，三姨父日夜守护，我和弟媳每天给她做饭。

"别人去就不怕带进细菌？"

大姨说，我和弟媳做好饭，不进三姨的卧室，都是三姨父端给她，三姨父注意得好。

"你们最近去看过她吗？"

舅舅说去过。

"她见到你们情绪不激动吗？"

舅舅答："三姐和你，感情最深，见到你才激动。"

……

春节到了，姥姥再次强烈要求去家里看三姨。聪明的姨姐，又编出阻止姥姥的理由："最近请风水大师给三姨看了命，她属蛇，今年是蛇年，她的本命年，要是同属性的人去看她或者和她说话，就会有大难。姥姥，您属什么的？"其实姨姐早知道，姥姥也属蛇。姥姥文化不浅，从没迷信过。只那一次，她相信了"风水大师"，再也不提看三姨、给三姨打电话的事。而且，姥姥从那时开始念佛，日日为三姨祈祷。

姥姥又无数次追问过三姨的消息，舅舅、舅妈、姨妈和我们这群兄弟姐妹，都按提前沟通好的理由答复姥姥，将日子一天天往后拖延。蛇年即将过半，姥姥近一月不问三姨的事了，只是，常常坐着发呆。

那个周日，姥姥见到我，再次追问起来。

"你三姨还好吗？"

我说好。

"她能吃点什么？还是只能喝点粥吗？"

我点头。

"一杨属什么的？她应该是十三虚岁了吧？"

五姨在旁边念叨："十三，应该是本命年，也属蛇吧。"一时间，五姨竟忘记了那个并不存在的"风水大师"的话。当初，三姨的病是隐瞒姥姥的，也是在她不停追问时露了实情。

　　我赶紧把话抢过来："一杨属马，十二虚岁，比属蛇的小一岁。"一杨是三姨的孙女儿，大家告诉姥姥，一杨天天回去看奶奶。姥姥不知在心里算计了多久，才向我发出这样的追问。她一定是太想念太牵挂三姨了，希望女儿好起来，又怕女儿已离去，于是一次次试探着想验证什么，又希望着什么。

　　听了我的话，姥姥长出了一口气，紧皱的眉头，舒展开一些："盼着她能和我多做几年伴儿，哪怕看不见她，听不到她说话……现在医学这么发达，癌症病人也能活好多年……"

　　我强忍泪水，故作欢颜地描述着三姨的"近况"，劝慰着姥姥。母亲也在一边努力地微笑附和。姥姥身后的五姨和老姨，早已偷偷擦了几次泪。

　　关于三姨的消息，姥姥不知又追问过多少次。三姨已于蛇年春节前去世的消息，我们本想一直隐瞒下去。当亲人们挖空心思想着过了蛇年，又该以什么理由，阻止姥姥去看三姨、给三姨电话时，姥姥却释然了："你们别再瞒了，我早想到她已经去了。我还有这么多孝顺的孩子，哪能老伤心……"

母亲的苔花

　　母亲有些神秘地拉我到她卧室，从抽屉里小心翼翼地取出一小摞儿十六开的语文本。我莫名其妙地看着母亲。

　　"这是我近两年写的小说。""妈，您写的小说？"我有些惊愕：母亲只断断续续上过三年小学，识字不多，怎么会写小说呢？疑惑着，她已经翻开上面一本的第一页。圆珠笔写出的字迹，很幼稚，但一笔一画都极认真，页面工整清楚。抬头看母亲，快六十岁的老人，一脸虔诚的期待，像等待老师评判作业的少女，笑意中挂着羞涩。一页页翻下去，母亲从记事时写起，写家人，写乡亲，更多地写自己。这不是什么小说，分明是母亲的回忆录。几十年中的许多细节，母亲记述得格外清晰，她朴素而鲜明地表达了自己的意思。从小就感受着母亲的善良勤劳，却从没注意过母亲的梦想。才知道，她是带着梦想走过无数个汗水浸透的日子。是那些最朴素的梦想，点亮母亲一个又一个疲惫的长夜，让她劳累的一生慈祥、安宁而美丽。

　　母亲很小就有了读书梦。可家里穷，姊妹多，劳力少，十岁才进校门的母亲只上了三年学，就主动回到家中，成了村中最小的"壮劳力"。此后几十年，耕耘过白天，母亲还要播种夜晚。长夜里，母亲编织着一个又一个梦想。油灯下捏泥人，想往一家人吃饱穿暖，妹妹们有学上；烛光中搓拉炮儿，盼望孩子们没病没灾，早点攒够盖新房的钱；电灯下做箱包，期冀子女读书考学长出息，把日子过得更像样子。

长夜里的梦想在母亲的汗水中一一实现。如今，晚上明亮的灯光下，母亲终于有了自己的时间，回首儿时的遗憾，她憧憬着能圆未竟的读书梦。于是，她翻出我读过的书，一本一本地慢慢啃起来。

看过几部小说，母亲又有了新的梦想，要把自己的经历写成一部"小说"，把自己的苦和累，还有自己的梦想写出来，用老一辈儿的经历告诉孩子们，人活着得奔着自己的梦想努力。她找来侄子用剩的本子用过的笔，夜晚对着台灯，开始了艰难的"创作"。常常遇到不会写的字，她一次次翻开字典，慢慢查找她想用的字。忍着几十年劳累积下的病痛，老花镜陪伴母亲七百多个夜晚，近十万字的"作品"终于默不作声地完成。尽管这作品稚拙得很，甚至会贻笑大方，母亲的生命却因此而更加动人。

"苔花如米小，也学牡丹开"。渺小而平凡的母亲，凭自己的勤劳和执着，让我们懂得，在梦想的田野上，无论是谁，都可以努力让生命之花绽放得更加璀璨。

淡泊是富有的花朵

那次回家，母亲神秘兮兮地要我看一件宝贝。她小心翼翼从卧室里捧出的，是一个小小的瓷瓶。瓷瓶由十几片碎裂的瓷片粘合在一起。一条条一道道的裂缝影响了粉彩花卉图案的古朴典雅。

"妈，这东西是哪来的？"我有些莫名其妙。

"我早晨散步时，在河堤上一堆废砖乱瓦中捡回来的。这一片片的，我花了好长时间才粘好。"

"你帮我看看，这是不是古董？"期冀从母亲的脸上漾开，她鬓角花白的头发都染上了神采。

我接过瓷瓶，转了一圈，看瓶底。瓶底是一小圈白瓷，上面没有任何印迹。

我断定这不是什么宝贝，却又怕母亲失望，便笑笑，不置可否。

母亲是爱宝贝的。

母亲的卧室里，有一对真的宝贝。那是两个大的瓷花瓶。圆口、细颈、凸肚，光滑的瓶面上，粉彩的仕女雍容华美，形象逼真，呼之欲出。

瓶底上印着"乾隆年制"的方形戳记。这一对瓷瓶，从我记事起，就在母亲的卧室里了。

最初，在那古旧低矮漏风漏雨的老房子里，每日吃着粗粮啃着咸菜，我们几个小孩子，并不认为这对瓷瓶是什么稀罕的宝贝。有一天，村子里来了个收古董的人。母亲爱怜地抱起一个瓷瓶，像轻轻抱起自己的孩子。她将瓷瓶抱出家门，抱到收古董的人面前，极轻又极稳地放在地上。那人蹲下身子，由外而里地细细察看，触摸，又轻轻地搬起瓷瓶看瓶底的戳记。一番鉴定之后，那人出价一千元要买走两个瓷瓶。那是二十世纪七十年代末，我家最困难的时候。那时的一千元，可以盖起几间崭新的瓦房。母亲犹豫再三，收古董的人极有耐心地等待着。最后，母亲抱歉地打发走了收古董的人，又将那瓷瓶轻轻地抱起，像是爱怜自己的孩子。

从那以后，除了搬家，母亲再不肯将瓷瓶抱出她的卧室。从古旧低矮的老房子到雕梁画柱的高大瓦房，再到舒适气派的三层小楼，瓷瓶一直伴在母亲身边，无数次被她用粗糙的手小心翼翼地擦拭。

这对瓷瓶，是姥姥家祖传的宝贝。姥姥家拆旧房子时，这对瓷瓶就转移到了我家，安放在母亲的卧室里。姥姥家的新房子盖好，母亲提出要将瓷瓶抱回去。姥姥说，七个孩子中，六个都读了许多年书，只有母亲早早辍学，十二三岁就成了家里的劳动力。瓷瓶就别搬来搬去的了。没读过几年书，是母亲一生的伤痛。而这对珍贵的瓷瓶，独独落户在我家。姥姥的这番话或许给过母亲很多温暖和慰藉吧。

我们姐弟三个一直以为，这对瓷瓶就像旧时代大户人家陪嫁的宝贝，是姥姥婉转地许给了母亲，作为对母亲幼年辍学回家劳动的补偿。

我们以为，这对瓷瓶会一直在母亲的卧室里，陪伴母亲幸福美好的晚年时光。然而不久前，母亲用毯子把这对宝贝瓷瓶包裹好，让弟弟开车陪她送回了姥姥家。

我们不解，母亲说："我看电视上的鉴宝节目，知道了那两对瓷瓶的价值远不是三十多年前那一千元可比。我们姐弟七个，这瓷瓶不能独属于我。虽然他们六个退了休的挣工资，做生意的赚大钱，我既没工资，也不能赚大钱，但我有勤劳的双手，有健康的身体，有孝顺的儿女，有乐观的心态，有幸福的生活，这比瓷瓶重要得多……"母亲释然地微笑着，她眉目间和心底盛开的淡泊，是这滚滚红尘里富有而动人的花朵。

刀尖上的父爱

　　早上去医院，妈说，父亲一夜没合眼。我把往上涌的疼惜强压在心底，微笑着对他说："是不是怕花钱多？别担心，我们都不缺钱，再说医保可以报销大部分。"父亲的眼里蓄满伤感："不光为钱，这一次次的，总在刀尖上走，我真怕了。"父亲前年才做了心脏搭桥手术，如今三根"桥"又堵了两根。院长和外科主任反复研究，才决定为父亲做支架手术。在"桥"内支架，风险自然就大。一上午，我都在劝慰父亲。

　　午后，是病人休息的时间。父亲的病床在靠窗的位置，时已暮春，天气暖得很，对着床脚的那面窗子开着一尺多宽。看父亲合上眼，我坐在床脚边的椅子上，也闭了眼休息。路途中颠簸的倦意席卷过来，我很快进入蒙眬状态。蒙眬中，窗帘向内飞扬起来，触到我脑后的头发，一丝丝凉意顺着窗帘抖落到我身上。身边的床轻微动了一下，我迷迷糊糊睁开眼，父亲已经从病床上爬起来，跪在床脚，脸向着打开的窗子。他缓缓伸出手，慢慢推动窗子。打开的窗子关上了，窗帘安静地垂在窗边，凉意被挡在窗子外。父亲轻轻挪回床头，准备再躺下去。看到我睁眼望着他，他小声说："起风了，怕你着凉。"

心底被刀尖碰了似的，柔软又温暖的疼。前年冬天那一幕又浮现在眼前。父亲做完搭桥手术后的第三天，浑身上下插满管子，血液还在体外循环。陪护在病床边，看他咬紧牙关挨着每一秒每一分，听他隐忍不住发出痛苦的呻吟，真感觉有无数利刃在他虚弱的身体上刺着，也刺着我的心。医生要在病床上为父亲拍 X 光片检查术后情况。准备工作做好，父亲突然意识到什么，用手推了我一下。他无力的手好像凝聚了千钧。我迟疑着不肯挪步，他肿胀的脸上是近乎气愤的斩钉截铁，"快点出去！"他吃力地提高虚弱的声音，坚持让我躲到病房外。即使被"刀尖"刺着，他也没忘记，即将射出的 X 光，可能会给我伤害，哪怕只是一丝一毫。

从医院出来，一路上都是晃眼的花，玉兰、榆叶梅、桃花、丁香、紫荆，泪光中，都是模模糊糊的影子，褪了颜色失了香气。远方朋友的母亲也正病着，她在诗中写，愿煎骨焚香，求母亲健康。我愿意用生命中所有的色彩和花香，换掉父亲面临的每一分每一厘危险，让他再次从刀尖上平安走下来。因为，有父母同行的静好日月，爱与被爱，如草长莺飞的春路，走下去不愁花红柳绿，芬芳漫天。

住进目光里的春天

早春，乍暖还寒。上下班时，偶尔会见到满脸皱纹的老父亲，静静地站在小区花园里，向楼上望。更早地，从深秋开始，他就有过这个仰望的动作。他仰望的目光锁定之处，是我家的阴台。顺着他的目光望上去，看不出我家阴台和别人家的有什么两样。难道是仰望挂在栏杆上的葱？

去年深秋，站在阴台上，无意间向外望，发现栏杆上多出几小捆儿葱。每捆儿六棵，叶尖挽在一起，整齐地挂在栏杆上。不用猜，这是同住一个小区的老父亲买下的。老人有储葱的习惯，每年深秋，都会买回几捆，孩子们都有份儿。去年刚入秋，我就嘱咐："爸，您别给我们买葱了，每年一大捆，堆在阴台上，吃不完就烂了……"

老人还是给我们买回一大捆葱，一定是怕葱再烂掉，才费了一番心思和功夫，将葱均匀分开不失美观地挂在阴台的窗外。他有我家钥匙，一定是怕我们麻烦，才趁我们上班时进来分葱挂葱。

葱真的没再烂掉。那日下班，进了小区，才想起最后一棵葱已吃完，忘了去菜店买。开门进家，门内倚着一个手提袋，袋内整齐地立着两小捆葱。那一瞬，恍然记起老父亲望向我家阴台的目光。阴台栏杆上的葱，一小捆一小捆地少下去，老人的目光，洞悉了孩子居家生活的静好安稳，心中充盈的，一定是满足与欢喜吧？断葱的早春，及时送两捆葱过来，于老人，就是力所能及的雪中送炭了吧！

老父亲像个神探，不仅知道我们断葱，还知道我们何时在家，何时出门。他站在自家六楼的阳台上，可以遥望见我们的车位。不知多少次，戴着花镜的老父亲，目光斜斜地望下去，在各色汽车的长龙中，搜寻那辆常载着他孩子的汽车。

"你站在桥上看风景，看风景的人在楼上看你。"我们的父亲母亲，无论站在楼下还是楼上，孩子是他们视野里永远的风景。仰望阴台的瞬间，俯视车位的时刻，他们温暖的目光里，草长莺飞，叶嫩花繁。

目光流年

　　求学时代，离开故乡时，去向八十多岁的太姥姥道别。永远记得她等待的姿势：盘腿坐在炕上，面向窗外，安宁的目光中注满期盼。见我的一瞬，她混浊的眼突然变得清明而富有神采，像暗夜里突然绽开两朵光亮的昙花。

　　短暂的话别，让两朵昙花快速萎谢。老人家的三寸金莲，连院子里的大门都极少迈出，是无论如何不能随我到车站的。她用一只苍白而枯皱的手捉住我细嫩饱满的手，执意要送我到大门口。她瘦小蹒跚的身子如秋风中一片打着旋的叶子，无声地舞出满怀的关切和凄清。挥手离开，几次回头，她单薄黯淡的身影，还伏在门边。不忍触碰她的目光，空中却处处是她的目光，阳光一样，棉絮一样，轻柔，温暖，深情，不舍。打点行装，这目光装满我的行囊。

　　如今，太姥姥早已远去，退守到我生命初始阶段的光阴里，成为记忆中最亲切生动且最清晰的影子。穿越时光，回头望，太姥姥的目光渐行渐远，闪烁在岁月的那头。

经历了两个昼夜的剧痛，女儿的啼哭打破午夜的沉寂。喜悦的目光落在她赤裸的小胳膊小腿上，落在她的小脸和好奇打量世界的眼睛上。小小的身子，是我身体的一部分；小小的脸庞，被想象过无数次，仍觉陌生而新鲜；那嫩芽般尚不能清晰望见父母的目光，将在生命的路上与我们的目光交汇，书写凡俗亲情的巨制鸿篇。那一刻，我目光的树完成了成长的升华，树上葱茏着关切、呵护和希冀的叶子。生命中添了这小小的天使，累，并快乐着。在与女儿千万次的目光交汇中，我的目光传递着生命中许多重要的东西，用爱铺平了她成长的路途。

站在成都一所重点大学的门口，将女儿的手松开，看她转身走向校园里青春洋溢的孩子群中，横飞的泪流淌着恋恋别情。从此，在首都边一个小城里，我的目光可以穿透风雨，穿越万水千山，直抵千里之外，感受成都的阴晴冷暖，感受女儿的一低眉一凝神。祈愿满载着母爱的目光，化作温煦的阳光，日日朗照女儿健康向上的大学时光！

网海中飞来的照片，是女儿大学生活的花朵，带着青春的气息，慰藉我一遍遍凝视的目光：那整洁的衣橱，是女儿亲手整理；舞台上专注于琴键的灵巧十指，让我捕捉到天涯之遥的深情乐音；春日的一串绿芽，深秋的满地落叶，都能触动她爱的心弦；朝气飞扬的笑脸，洋溢着"会当激水三千里"的自信豪情……女儿的羽翼渐渐丰满，我的目光之树可以蘖生出更多关切的枝叶，为父母尊长奉上一小片绿荫。

父辈母辈的亲人却抗拒不了疾病和衰老。在阜外医院的特护病房外，亲人们一个个泪眼婆娑。大面积心梗的父亲，即将进行开胸搭桥手术。我将满腔的泪水强咽回去，以微笑的姿势走进病房。那一刻起，我的目光，学会了将担忧和悲伤深藏。

相信我慰安和鼓励的微笑一定感染了父亲，胆小的他，被推进手术室时，微笑的目光中满是重生的自信和希望。

漫长而煎心的八小时后，望眼欲穿的我们终于迎回了深度麻醉中的父亲。疲倦的目光落在他扭曲浮肿的脸上，听着他如雷的鼾声，久久压抑的泪水如潮奔涌。庆幸的是，经过长时间的恢复，手术后的父亲又能微笑着走在我们的目光里，我们又可以沐浴在父亲目光中那份爱的关切里。

不惑的中年，是生命河流中承前启后的年纪，我愿做一颗会行走的太阳，让目光化作千丝万缕的阳光，呵护，关切，慰安，珍惜，让春天充满生机，让夏日生意葱茏，让秋日斑斓多彩，让冬日安静凋零……

困境中你最先抵达

茫茫冬夜，我们的汽车停在野外公路边，像一艘搁浅在冰河上的船。一家三口回故乡，黄昏时，因害怕车多，特意选了这条僻静绕远的路回城。车开得很稳很小心，却遭遇一个高速驾车的莽汉。那莽汉距我们不远时差点撞上一辆拐弯的大卡车。他为躲避卡车逆行冲过来，从我们的车右面猛蹭过去。我们的汽车，右面挡风玻璃和两个车门，车门下的大架全被撞坏。

那莽汉先是讨饶，求我们不要报警，又叫来一个朋友帮忙讨价还价，想尽可能少地赔偿修车费。我们虽无辜被撞，却仍存了宽仁之心，没有报警，并同意他跟着朋友回城拿修车费。那莽汉七点多钟离去，到九点半还没返回。一次次拨打他留下的电话号码，却一直占线。等在车里，荒野的冷风从两个扭曲变形的车门里钻进来，我们冻得哆哆嗦嗦。车后停着莽汉破旧的肇事车。路上的车辆越来越少，我们开始担心那肇事者想搞什么鬼。

本来不想打扰别人，犹豫一会儿，还是拨出那串熟悉的电话号码。

我轻描淡写说出路上遇到的麻烦，并特意嘱咐先不要过来，等一会儿看情况我再打电话过去。

"怎么不早点告诉我？"那边亲切熟悉的乡音焦急地问了一句，便挂断电话。

十分钟后，手机铃响。耳边乡音想起，亲切而熟悉："别急，天冷，你们就在车里等。我在路上，一会儿就到。"

又过了二十分钟，那熟悉的乡音又响在耳边："你们在什么位置？我开出几十里了，怎么还没看到你们？"我说在涿白路上，并告知导航定位显示的附近村名。"太着急了，还以为你们走的112线，就顺着这条线找你们。我马上绕道迎着你们走。"我们平时回乡，往返多走112线，也没说起过偶尔走僻静绕远的涿白路。

那串熟悉的电话号码，那亲切熟悉的乡音，是弟弟的。虽然我电话中所说不过是遇到一点"小麻烦"，并没要他赶过来。可他放下电话，就迫不及待地开车上路，想第一时间抵达麻烦的现场，为我们排忧解难。

还记得我和爱人刚结婚不久，一直住单位的房子。虽然手头没什么积蓄，仍渴望有朝一日能住进自家的新房。我所在的单位要建商品房，我们想买，可为难的是要借很多钱。从没开口向别人借过钱，即使向父母张口也感觉不好意思。还未等我开口求助父母，弟弟坐车从故乡赶到我生活的小城，从包里掏出几摞百元的票子。那时他也结婚不久，和弟妹日夜忙碌，积蓄也并不很多。为了给我们凑足房钱，他几乎倾囊而出。我们就是借助弟弟送来的钱，买下了第一所房子。

女儿高考前，参加艺术特长生双排键专业的考试。去北京和天津参加考试时，想给她带上双排键电子琴。那琴重达几百斤，几个人抬也累得呼呼气喘。个子不高、力不出奇的弟弟，硬是和爱人把琴移去挪来，搬上抬下，开着一辆面包车，载着女儿在小城和天津北京间日夜辗转。身高体壮的爱人，事后嚷嚷腰和胳膊都要累折了，弟弟当时一直微笑相随，无一句怨言。

父亲生大病住院治疗，花去十几万元。作为唯一的儿子，弟弟事事冲在最前面。我和姐姐想分担一些治疗费用，每人拿出两万元。弟弟却坚决不肯留下，最终治疗费由他一个人承担。

《芈月传》中，芈月对一母同胞的弟弟魏冉和米戎悉心呵护，即使是狼群里出来的陌生狼孩儿，她也当亲弟弟般护佑。几个弟弟长大后，总能为芈月排忧解困，在她身处险境时最先冲出，出生入死在所不辞。

我和弟弟仅相差两岁，儿时，一起捉过迷藏翻过墙，打过嘴架干过仗。父母和姐姐不在家时，我俩饿得饥肠辘辘，也曾一起喝过"酸辣汤"。所谓"酸辣汤"，不过是用凉水兑了酱油和醋，再放上一点儿葱花。与芈月相比，成长的记忆中，我对弟弟并未付出过什么关切。然而，长大后，我每遇麻烦，弟弟总是最先抵达，让麻烦轻烟一样消散。

爱的拐角

中午一点三十五分，唤醒读高三的女儿，便赶紧到楼下，推了电车准备往单位赶。心却还在家里。担心每日睡不够的女儿，我走了，她又睡着。

担心着，不肯骑上电车，几步一回头，盼着女儿从楼门口跑出来。几分钟过去，看看表，估计赶到单位快要迟到了，小姑娘还没出来。我已推车到拐角处，拐过去，就看不到我们住的那栋楼了。我推着车站在那里，扭着身子，回头望。终于，熟悉鲜亮的红色身影从楼门口奔出来，跑向自行车棚，我才终于放了心，骑上车风驰电掣向单位赶。

停在拐角的时刻，已记不清有多少。

我去乡村支教那年，女儿读高一。早晨五点多做好早饭，侍候女儿吃完去上学，赶紧又给她准备午饭。急匆匆地忙完，再一路小跑去街头赶车到几十里外的乡村。中午，给女儿三个电话，十二点十五分，估计她已放学回到家，催促她早些吃饭；一点钟，估计她已练琴完毕，催促她早些休息；下午上课前二十分，叫醒她起床上学。三百多天，几乎天天如此。打电话时，手里常忙着事情，就如在某个拐角，要拐弯前行，可是，担心着身后的女儿，便驻足，回望，温柔地关切。有一天，因事忘记了打电话喊女儿上学，她就真的睡过了头。班主任打电话询问女儿没到校的原因，我火速将电话补打到家里，女儿才急慌慌地起身赶往学校。

俞敏洪说，对孩子最重要的教育是人品教育，心情教育，鼓励教育。而人品教育最重要的一点，是教会孩子去爱。有爱的心灵，才润泽肥沃，才会长出绿色绽出缤纷。与女儿一路同行的许多年，我始终以行动，昭示着责任，温情，热心与关爱，希望给她潜移默化的影响。从蹒跚学步到如今与我比肩，女儿真的没让我们失望：外出时，每遇到路边的乞丐，她都会停下来，将硬币或纸币递过去；同学有了困难，比如住宿生需要给应急灯充电，或者缺了草稿纸，女儿会欣然地帮忙拿回家来充电，或者把自己过去用剩下的本子带到学校，给别人当草稿纸；妇女节，母亲节，我的生日前，她也常问我："妈，我送您些什么好呢？"我的女儿，也无数次在她前行路上的拐角处，停下来，回望，伸出手给予。

我总感觉自己的心灵、脸上和手中，盛放着温暖，盛开着微笑，托举着关切，有满满的爱。那爱，有许多是从长辈的心中，脸上和手中接过来的。一天上晚自习，我给学生们讲课，声音沙哑着。学生们写作业的时候，看手机，已有一串短信，是母亲发来的，担心我的嗓子，帮我想了许多办法，试试偏方啦，陪我去另一座城看中医啦，母亲的爱，在我讲课时，默默地挤满了手机屏幕，翻过一页，又挤满一页。另一天晚自习，电话铃声不停地响，因为讲课，几次未接，直到学生们齐声喊，老师，一定有急事，快接吧，这才接通电话，是婆婆打来的，她说，坚持吃药啊，坚持到医院治疗啊，多喝水呀……我连声喊"行"，学生们微笑，也跟着喊"行"。我把婆婆的话转述给孩子们听，告诉他们："这就是爱啊，你们的父母，都是这样爱你们的。"给予我这些关爱的时候，我的母亲和婆婆，或许也正站在某个前行的拐角。

希望所有的孩子，从我们脸上、手中和心灵里，接过去的也是一份份丰盈的爱意，并将这些爱撒播传递，温暖尘世。那么，作为孩子和父母的我们，走过无数个爱的拐角，便完成了生命中最重要的爱的传递。

云中谁寄"午餐"来

在一个晴朗的上午，我乘坐从石家庄至成都的航班，飞行在近万米高空的蓝天白云之间。透过舷窗，我观赏着诡谲的云海。在蔚蓝的天空和正蓬勃着初夏生机的大地之间，各种各样的云翻卷滚动，向天际汹涌而去。我的思绪亦如云，朵朵团团，茫茫不尽地流动。

时近正午，肚子咕咕抗议起来。为了从几百里外的家中赶到机场，我半夜就起来，只囫囵吃了几口东西。空姐的声音响起来："旅客朋友们，稍后给大家发午餐。"午餐极简单，一小盒米饭，一小盒腌制的胡萝卜丝和笋丝，一小袋榨菜，一小块儿面包。想必人们是吃不饱的。午餐味道也寡淡得很，远不如家中的寻常饭菜可口。在飞机穿越气流的颠簸之中，我吃着这飞机上的午餐，一颗心却径直牵挂起大地来。

大地上，距石家庄三千多里的成都，有我那正在读大学的女儿。那个周六清晨四川雅安的一场地震，将女儿从熟睡中晃醒。女儿跑出楼外，第一时间给我打来电话，我开始日夜不休地担忧与牵念。短短三天的假期，便让我登上飞机，穿云破雾，直奔女儿飞去。沉重的拉杆箱里，装着几袋女儿想吃的家乡驴肉，她说要和同寝室的姐妹们分享。或许，这穿云破雾下西南的美味驴肉，会很快成为孩子们的"午餐"，给她们的午餐添一点儿营养和滋味。

女儿在家时，我极精心地为她准备一日三餐，特别是午餐，丰盛美味、女儿爱吃是前提，更考虑到荤素、营养、色泽的搭配。女儿大快朵颐，每每满足地冒出一句："真好吃！"女儿远赴成都读大学不久，便在QQ个性签名上写："每个想家的孩子心中，都有一份飘香的菜谱。"我留言问她想吃什么。女儿回复："想吃你做的炸茄盒，想吃你炒的鱼香肉丝，想吃你炖的猪肉酸菜，想吃削皮后切成小块插上牙签的苹果，想吃……"未看完回复，我鼻子一酸，眼前就模糊了。于是，四处奔波，购得女儿爱吃的家乡豆腐丝，北京烤鸭、果脯、糕点……在一个夜里，带着这些美食乘上飞机，越入高空，穿行在被夜色吞没的茫茫云海中直向西南。

大地上，距石家庄几百里的农村，有我年近古稀的母亲。二十多年前，我离开家乡到外地读书。正值未赋新词强说愁的年纪，我品着李清照"云中谁寄锦书来"的相思情味，收到的却是母亲寄来的包裹。包裹中，除了换季的衣物，还有带着结实洁净包装的江米条、动物形状的饼干、芝麻糖……那一年，母亲在村里开小卖部，这些在当时极稀罕的美食，她舍不得吃，却舍得花邮资给我寄。

我看望女儿归来，女儿放假归家，大大的箱子也都满满的，装着成都的美食。一份份"云中"的美食，载着香甜的爱，曾由母亲那里飞向我，由我这里飞向女儿。那些香甜的爱，也会逆飞而回，由我这里飞向母亲，由女儿那里飞向我。

飞在云端，闲思漫想，对大地更添了深挚的眷恋。因为，我们的至爱亲情，在大地上扎着深深的根，枝叶葳蕤，生生不息。

模拟返航

"女儿和你联系了吗？她有一小时没回音了，真急人！我刚给她充了一百块电话费，也提前嘱咐她充满电了，不可能是断电欠费。"爱人的声音，和电话铃声一样急。

上午，他不停地发着短信，向我汇报女儿的行程："宝贝儿从学校出发了。""人家透过车窗看风景呢！""闺女已到平乐古镇。""她们已入住临江楼客栈。"……

中午，女儿才一小时没回短信，他就沉不住气了。我嗔怪："总得给人家点儿自由的时空，你这风筝线牵得太紧了吧！"他叹口气："女儿第一次独自和同学出游，我能不担心吗？"

半小时后，爱人的短信又陆续发过来："她们吃过午饭，在河边戏水呢！""宝贝看到很多竹子，很多竹笋。""花楸、金华佛山、王家大院——女儿明天要去的地方。"……我的心，也随他的短信，飞到女儿出游的路上。

清明假日，是外出踏青的好光景。女儿在两千里外的成都读大学，放假前一周，就将踏青计划告知我们。她要和女同学结伴出游，目的地是平乐古镇，住店一夜，往返两天。平乐古镇，以前我们闻所未闻。爱人动用现代化手段，上网搜，电话问，终于验证了那里是个可以平安游赏的好去处。一周之后，平乐的自然风光，民俗风情，文化意蕴，他都已烂熟于心：四面环山，竹树环合，花美水清，古径通幽，可以放逐身心，返璞归真……最重要的是，几天时间，他已将女儿的往返路程，在心里，在言谈话语中，模拟了许多遍。

只要女儿还在出游的路上，在几十里外加班的他，就还会不停地和女儿短信往来，直到女儿安全返回大学校园的温馨港湾。

女儿离开家，做父亲的，和母亲有着一样的牵挂和担忧。寒假前的那个夜晚，北风呼啸。冷清的街上，他慢慢地开着车，注视前路的目光，不时移到导航仪的画面上。导航仪不时发出的提示音，清晰地脆响在车内。一次次出发，一次次返回。有着父亲称号的爱人，作为一个驾车新手，心无杂念地执着于腊月的街头。读大一的女儿即将放寒假，他早已为她预订成都至北京的机票。首都机场距我们的小城有两百多里，女儿想大厢小包地往家带，不愿挤火车，希望爸爸开车去接。他便像接受了神圣使命一般，到一家电脑公司花高价买来最先进的导航仪，安在车里，摆弄许久，却不会用。于是一次次将车泊在电脑公司门外，缠着店内的小伙子，一遍遍地询问。他终于弄清了导航仪每一个操作的细节，却又怕导航失灵，迷失在北京盘根错节的路上。于是，夜渐深时，车来攘往的小城归于沉寂，他便载我到清寂的街头，随意在一个地方停下，用导航仪设好起点和目的地，便发动汽车，随着导航画面和声音的指引，到预设的目的地，再原路返回。那一晚，起点和目的地换了几次，汽车转遍了小城的大街小巷，都顺利返回出发点。他终于长舒一口气，转弯回家。

几天后，我们顺利抵达机场，等到女儿。返程中，女儿一路惊呼：

"我又看到北方的大太阳了！""落叶的树才像冬天的树！"……驾驶座上，凝神于前路和导航仪的父亲，欢乐而随意地应和着。这个有着父亲称号的新司机，第一次开车进京，在纷繁错杂的路上，没有绕远，没有迷失，顺利返航，将女儿载回家的港湾。

再往前追溯，高考前几月，苦练十年钢琴的女儿，参加了清华和南开等几大重点院校的特长生测试。结果出来，亮起的却全是红灯。全国范围内千万里挑一的选拔，这样的结果本在意料之中。女儿却承受不住打击，自信的笑容随伤心的泪滴滑落，本来优异的成绩也滑落到低谷。貌似粗心的父亲，在女儿面前强装笑颜，暗地里却默默地着急。他反复地念着："如何卸去宝贝心头的石头呢？咱得想办法让她找回轻松和快乐……"那段日子，他和我一起，上网搜励志文字，求助班主任和科任老师，陪女儿散步谈心。女儿脸上重新绽开阳光的笑容之前，他想方设法的过程中，也模拟过许多遍，女儿穿过挫折的激流，重返乐观向上蕴蓄成功的港湾。

十八年前，他送我和腹中的女儿住进医院。他伴在床前，悄声说："我梦见过许多次了，女儿生下来，健康平安，我们抱着她回家。回家的汽车和司机我早就找好了……"还是准父亲的他，在梦中，就开始一次次返航的模拟了。

千家万户的父亲，都如我家的这个父亲吧？在呵护成长的过程中，为了孩子在路途上、身体上、学业上、心灵上能一次次成功地抵达，一次次顺利返回平安的、健康的、向上的、温情四溢的港湾，他们一定都有过无数次模拟返航。亲爱的孩子们，回家时，数一数父亲多出的白发吧！每一根，都见证着深情与无私的记忆。

"闺蜜"与"问蜜"

送女儿进入大学的第二天，新生到校医院体检。女儿和分在同一寝室的三个女生，携手并肩，欢快地跑向等待的队伍后面。她们青春活泼的身姿和热情灿烂的容颜，让我坚信：这四个来自天南海北的女孩子，将很快成为大学时代的闺蜜。

后来，女儿隔三差五发几张四姐妹的亲昵照片；与女儿通电话和网上视频时，另三个女孩子甜蜜蜜的声音、笑脸也总调皮地挤进我们的耳朵、视线。女儿有寝室的闺蜜们近距离陪伴，作为遥遥关切着孩子的父母，心中自然生出丝丝蜜一般甜的滋味。

父母洒向女儿的爱之阳光，连她闺蜜的籍贯出身都照得清清楚楚。女儿寝室的闺蜜之一，昵称楠楠，是个娇巧伶俐、天姿聪慧、热爱文艺的小女生。楠楠的家乡，在四川广元。

女儿刚放寒假不久，便收到来自四川广元的快递。沉甸甸的盒子，包装很精致。我只看一眼寄件人地址是"四川广元"，便断定这是楠楠寄给女儿的春节礼物。爱人只看一眼盒身的快递单子上写有"问蜜"二字，更对这"礼物"确信无疑:"这楠楠越发调皮,'闺蜜'故意写成'问蜜'。"

望着这精致的包装盒子,联想起几天前陪女儿买皮鞋的情形。皮鞋是刚上市的款儿,买鞋有套包儿赠。大中小三个精致的包包,颜色是亮丽的蓝。女儿很开心:"这套包儿的款式和颜色都适合楠楠,我拍了图片问她喜不喜欢,喜欢就快递给她。"那个瞬间,我兴奋得很,既因为女儿买到了中意的鞋子,又因为女儿对闺蜜的情谊。

望着这"问蜜"的礼物,欣喜着闺蜜对女儿的情谊,甜蜜的滋味儿再次从心中涌起。缕缕甜蜜伴着一份好奇,忍不住想打开盒子一睹为快。女儿正在另一座城市参加培训,要一周后才回,打开盒子看看是什么礼物再电话告知她也不违情理。可转念一想,打开盒子取出礼物的快乐,还是留给女儿享受吧,也算对她们闺蜜情谊的一种呵护尊重。于是,我小心翼翼将这"问蜜"之礼安放在女儿房间里,欣慰的情绪一直愉悦着身心。

第二天给女儿电话,照旧对女儿的饮食起居和培训细节关切一遍,最后才抖出寄自广元的礼物一事:"楠楠有好东西给你寄来,快感谢一下!你这闺蜜真够幽默,居然自称'问蜜'。"

"什么闺蜜,是广元寄来的蜂蜜!那是我专门给你买的,快打开喝吧。"女儿满脸满心的喜悦和自豪,透过这爽快的声音传递过来。

精致的包装盒里,安放着一个贴白色标签的玻璃瓶子,标签上写着"问蜜,唐家河保护区的珍稀药材蜜"。记起来了,女儿刚放假回家给我泡柠檬蜂蜜水,看到家里的蜂蜜快喝完了,就嚷着要给我网购一瓶上好的蜂蜜。只是没料到她的话这么快变成了现实。

由"闺蜜"到"问蜜",淌着一条爱的河流。只是,自然之河都是单向流动,亲情之河却可以双向流动。为了增进女儿与闺蜜间的情谊,我们给四姐妹快递过家乡特产豆腐丝,千里迢迢乘飞机给她们带去过北京的果脯,在大学里请她们到附近的餐厅吃过饭……连女儿闺蜜之情都关注到的父母之爱，源源不断地流向女儿那里。如今正从女儿那里，以"问蜜"的形式逆流回来。女儿的"问蜜"何止这瓶蜂蜜？还有我们生日时她寄来的关切贺卡，她回家时随时端给我们的温开水、精心为我们准备的一餐美食……流去又流回的爱之水，浓情蜜意，让亲情的河流甜甜美美。

我们在等雨停

在小店吃完早餐，站起身刚要走，雨就泼洒下来。门外挂起沉甸甸的雨帘，帘脚触地，一朵朵雨花四溅。"哗哗啦啦""噼噼啪啪"……天地间奏起豪放的交响。

伞偏偏忘在了宾馆。家在千里之外。然而，不带伞怕什么？家再远也无所谓！微信得知，千里之外，门外无雨，时刻牵念我们的爱人，已坐在办公室里。暂住的宾馆，在几十米内；女儿的大学，走百米即至。最关键的，女儿就在眼前，汤足饭饱，脸上挂着微笑。

我和女儿重又坐下，各自从包里掏出一本书，等雨停。

若在大学教室，我会继续啃《大学语文》或《中国哲学简史》，坚持给女儿做好学的典范。只有这琐碎的小店时光，才会闲翻一本旧杂志。随便翻开一页，是台湾作家张晓风的散文《我在》。"我对自己'只能出现于这个时间和空间'感到另一种可贵，仿佛我是拼图版上扭曲奇特的一块小形状，单独看，毫无意义，及至恰恰嵌在适当的时空中，却也是不可缺少的一块。"纸页间静止的句子，化成一条歌唱的雨线，飞落在我心湖，溅起一大朵涟漪：暑假的大学校园，清晨骤雨中的小店，女儿的时空里，她生命的拼图版上，我是不是不可缺少的一块？

由大三跨向大四的暑假，女儿放弃家中度假的舒适，在学校准备考研。虽然，女儿本科就读的也是全国重点，学业成绩还好，但得知她把全国最知名的学府作为考研目标，做父母的，心仍悬到了嗓子眼。况且，暑假在学校，她是第一次。几夜忐忑，种种的不放心。结果是我不远几千里到女儿的大学，做种种放心的求证。

宿舍里，问与女儿同寝室的女生："你假期一直在校复习吗？"女生点头。宿舍有姐妹做伴，心放下一点。寝室楼下，问宿管阿姨："您假期一直上班吗？"阿姨答："照常上班。"餐厅里，问卖饭师傅："食堂假期关不关？"师傅答："三个食堂关两个。我们这个不关，因为很多不回家的大三孩子，寝室离这最近。"……教室外站岗的保安，卫生间打扫的保洁，后勤保障部的管理人员，都答过我类似问题。如影随形与女儿共度几日，见证了她按时作息，按计划学习，有条不紊，专心备至。做母亲的心终于回到正常位置，也一次次联系千里之外，让那颗父亲的心归位。

雨仍在高音奏乐。我忽然想起什么，从书页上抬起头。体态丰盈的女店主，正坐在桌前吃一碗面。"暑假，店一直开着吗？"我问。校门外的小吃店，女儿最爱来这里。"会开着。头几年暑假要回老家，这两年不回了。这里挺好！"女店主停箸笑答，一脸慈和满足。几米外，她矮小瘦弱的男人，哼着曲儿站在水池边。男人腿边，一桶刚洗好的青菜，鲜嫩欲滴。与女人闲聊。她和男人，为生计离家几百里，来大学旁开店。两个孩子，几年前在老家读书，夫妻俩的心总悬着，寒暑假一到，赶紧回家陪孩子。如今，孩子都转到小店附近的寄宿中学，暑假在这座城市参加补习班。夫妇俩觉得，有孩子在的异乡，尽管容身处只是小店内的十多平方米，却与老家没啥两样，暑假无须再回去。两个孩子于夫妻俩，正如女儿于我和爱人，永远是拼图版上不可或缺的部分。

女儿旁若无人地看专业书，我和小店的男女主人，安然惬意地等雨停。雨声终于变得轻缓，我打着小店的伞，回宾馆取了伞，准备和女儿去学校教室。女店主见我们只有一把伞，举起刚还她的伞，笑容灿烂地递向我。想他们或许也只有一把伞，怕有急用，便摆摆手，谢过她，和女儿走进雨中。

　　"树在，山在，大地在，岁月在，我在。你还要怎样更好的世界？"回味着张晓风的句子，我高举伞罩住女儿，不觉被淋湿了半个肩。一路，仍是小店等雨停的心情。雨在，伞在，我们在，爱在，还有怎样更好的世界？

共守一扇爱的窗

"襁褓中的你 / 在我怀里 / 咧着小嘴 / 没心没肺，日夜哭啼 / 幼年的你 / 在我手里 / 仰着小脸 / 问着稀奇古怪的问题 / 高三的你 / 在我车里 / 带着晚自习的疲惫 / 我问一句，你答一句 / 大学的你 / 在我守候里 / 一遍遍放映你成长的剧情 / 一天天计算你的归期。"

这首题为"思念"的小诗，是一位妈妈写出来贴到家长群对话窗里的。寒假将至，爸爸妈妈们盼归的情绪又开始膨胀。大家赞着这首小诗，你一言我一语地提起自家的孩子。

"也不知儿子胖了瘦了，真希望他明天就回来。"

"学校附近有没有火车票或飞机票代售点？买票的事女儿不让我操心，可我还是觉得问清楚心里踏实些。"

"我家妞儿英语不好，好怕她期末考不好压力太大……"

"才送姑娘去机场，她到美国实习三个月。过了检票口，她都没回头看，我和媳妇望着姑娘的背影，不停地擦泪眼。"

"……"

群里的五百位家长，因为孩子就读于同一所大学，从五湖四海聚到这个QQ群里。成员人数达到上限，陆续有许多新家长申请加进来，于是另建了几个新群。几乎每一天，都有不少忙里偷闲的父母，挤进群对话窗，话题离不开大学和孩子：寝室、食堂、军训、社团、保研、考研、留学、就业……来自不同地域、各行各业的家长，在这扇小小的对话窗里沟通交流，互通消息，彼此慰藉，表达对孩子浓浓的顾念和关爱。

　　一张QQ空间的截图，被一位大二孩子的妈妈贴进对话窗。"我儿刚发来的，他们学院物流专业的一个孩子，真是太可怜了！"这位妈妈的话，惹得四面八方很多双父母的眼，聚焦于这张截图。一个来自云南昭通农村的大二女生，忍受了一年多的疼痛后被查出恶性肿瘤，肿瘤已压迫到神经，女生几近瘫痪。元旦前做了肿瘤切除手术，紧接着要转院进行放疗。高昂的治疗费用让她贫寒的家庭无力支撑。女孩为给父母减轻压力，在QQ空间里发出求助信息，并公布了自己的支付宝账号。

　　"她的父母，不知有多心疼！如果消息和账号可靠，我们得帮帮她！"一位父亲发出号召。

　　"我给女儿打了电话，她和那女生一起参加过社团活动，消息是真的，账号也没问题。我这就给女儿转些钱过去，让她多捐些。"说话的，是工商管理学院物流专业一个女生的妈妈。

　　"我已经转账给那孩子，祝福她战胜疾病，早日康复，重返心爱的校园！"

　　"我马上就转。"

　　"我没有支付宝，我让姑娘转给她。"

　　"应该在学校贴吧发消息，让学长们也都来献爱心。"

　　"我转完账，联系了辅导员老师，学院和校方都有相关救助安排。人多力量大，这女孩子会好起来的。"

　　……

一连几天，家长群对话窗里的话题，都关乎孩子们的患病校友。神通广大的家长们，不知从哪里转来这个女生的学生证、诊断证明、住院治疗的照片。心疼、牵挂、祝福，从四面八方汇入这小小的窗口，一份份微薄却无价的爱意，悄然转入患病女孩儿的生命里。

也许，许多远方的孩子，并不知道有这样一扇扇小小的家长群对话窗。空巢里的爸爸妈妈们，日复一日，年复一年，共同在这小小的对话窗口守候，幼吾幼以及人之幼，舐犊深情衍生出人间大爱。寂寞漫长的时光藤蔓上，时时有温暖的花开出来，有动人的音符飞出来。花常开常新，音符也常常变幻，人性的芬芳和爱之旋律，在生命的河里流淌不息。

你的行踪，我的旅程

微信朋友圈，女友刚贴出一张风景图片：明净的蓝与黄将画面一分为二，上面是碧蓝如洗的广袤天空，下面是金黄灿烂奔流到辽远天际的油菜花海。图片上配一行字："七月青海，一半是蓝天，一半是花海。"被这美景诱惑，点开朋友的微信相册，一连几天贴出的，竟都是让人迷醉的风景图片。

青海湖黄昏日落和清晨日出的如梦胜景，黑马河边帐篷外沐着阳光的明媚野花，敦煌大漠曼延不尽的漠漠黄沙……在女友贴出的风光画境里神游，羡慕之情油然而生。

"真美！去旅游啦？"我通过微信给她发信息。

"工作忙，哪有时间旅游？"女友很快回复，这让我有些意外。以往，女友很少在微信圈里发图文信息，有时想与她闲聊，微信问候几句，也常隔上三五日才收到回复。

"女儿大学生活结束，和寝室的姐妹一起毕业旅行，去敦煌和青海湖，我和她爸颇感欣慰，因为独立出游能见证成长，我们也能追着她的脚步神游古迹名胜；但更多的，是担忧和牵挂。这几天，我们成了手机控，时时关注女儿行踪，微信短信联系不上，马上电话过去……"提起女儿，女友的话语像决堤的江河，滔滔不绝。

女友再一次滔滔不绝地讲女儿出游，是在几天后的清晨。我与她在去菜市场的路上邂逅。她的面容有些憔悴，略带倦意的眉眼间，却绚烂夏花般绽放着源自心底的欢喜。

女友清早去买菜，要给刚刚旅行归来的女儿做美食。一路闲谈，女友的话题，仍离不开女儿出游的行踪。

"女儿和姐妹们从大学所在的城市启程那天，因打的去火车站的路上拥堵，没赶上近午出发的火车。暑假来临，一票难求，预订的软卧车票作废，难坏了几个孩子。几番周折，才买到下午五点的火车硬座票。一路上，女儿坐得屁股疼痛。我和她爸，一路跟着心疼，仿佛长途颠簸在硬座上的是我们。

"到达青海湖的那个黄昏，微信电话都联系不上女儿，心提到了嗓子眼，直到晚上女儿电话打过来，说刚刚和姐妹们去青海湖边浅水区踩湖泥，才暂时定了会儿心神。因为几个孩子没有随团，是自助旅行，青海湖游客爆满，没定到合适的旅馆，那一夜住在黑马河边，出租车司机介绍给她们的帐篷里。帐篷单薄，夜里寒冷，最怕的是不安全，做父母的，又经过了一夜的提心吊胆。

"女儿和姐妹们在敦煌分手，各自踏上归家的长途。女儿预订了嘉峪关到北京的硬座火车票，从敦煌坐火车到嘉峪关已是深夜，到北京的火车第二天中午才出发。心疼孤单的女儿要在火车站等上一夜半天，且要在火车硬座上熬三十多个小时，再转车才能到家，于是当机立断开了电脑，查火车票，查飞机票，让女儿买了凌晨两点多到兰州的火车票，又从网上给她订了兰州中川机场飞往首都机场的机票。那一夜，等到女儿上了火车，才勉强睡了两小时。

"女儿到兰州是上午十一点，距飞机晚七点半起飞还有八个多小时。她爸早就查好了火车站到中川机场的路线，联系好了候机时可以短暂休息的机场宾馆，殷殷地告知女儿，并再三叮嘱。做爸妈的就这样一直担着心，直到午夜一点，安全地从首都机场把女儿接回家，两颗心才落了地……"

这女友和她的爱人是谁？或许，就是天下所有为人父母者吧！天下所有儿女的行踪，都是父母牵挂关切的旅程吧！天下所有父母的心，都是常常高悬着，随了孩子行走在熟悉或陌生的路上吧！

还好，女儿是去旅游，览名胜，访古迹，女友除了担忧和牵挂，还有无尽的欣喜和回味。想想古代木兰出征，"旦辞爷娘去，暮宿黄河边，不闻爷娘唤女声，但闻黄河流水鸣溅溅。旦辞黄河去，暮至黑山头，不闻爷娘唤女声，但闻燕山胡骑鸣啾啾……"木兰的父母，牵念女儿的行踪，内心经历的又是一段段怎样的旅程？

天下儿女，不管行踪何处，都逆着父母之爱的河流，试着探寻一下父母的忧心牵念之旅吧！如此，方能铭记：一个人，行走尘世，风顺也好，坎坷也罢，对血脉亲人，都至关重要，都必须，时时谨慎，处处自珍。

第二辑　点染心灵

因为教我的孩子们，渐渐疏远了作画的时光。于是，我用生命作笔，蘸了浓浓的爱意，积年累月地在心灵的白纸上点染。一路走来的痕迹，或深或浅，以亮暖的色系，绘在孩子们成长的记忆里。

春天的心

千万朵叶芽把柳枝点缀得柔软飘逸了。眉眼鹅黄的柳枝轻拂，春色就水波一样荡漾开去，春意便一天天浓起来。在自然次第绽出的绚丽中，心灵也变得敏感，很容易被尘世里的丝丝缕缕所触动。

早晨，我骑自行车去学校听课。进入校门，一个梳马尾辫的高个子女孩儿迅速跑过来。她高扬起右手，向我敬个少先队礼，说："老师，我帮您推车吧！"我未及应答，她微凉的左手已触到我的左手，落在车把上。我松开扶住车把的手，女孩儿推着车快步走向不远处的车棚。她将车摆放好，上了锁，又转身跑向我。我接住女孩儿递过来的钥匙，心底开出一朵温暖的花儿。

在一年级教室听课。我坐在最后一排课桌边。做记录时，我占用了右边课桌的一角，这一角的主人是一个小男孩儿。他尽量将书本往右挪，给我腾出稍宽一些的桌面。他右边还有一个孩子，桌面就显得挤。他的注意力却并未受到影响，明亮的眼睛，随着讲课老师语言的牵引，或看书，或看黑板。老师指名让一个同学读课文，我想看一眼男孩儿的书。

我扭着头，目光落到打开的书上寻字句。男孩儿知晓了我的意思，轻轻地将课本推到我眼底，左手按着打开的书页，右手食指牵引着我的目光，随着同学读出的字句轻移。他小小的身子也挨近我，深蓝的校服，贴着我紫色的裙子。我怜爱地注目他，那双明亮的眼睛，注目着书页上的字句。或许，下课后，这个小男孩淹没在穿深蓝校服的欢乐溪流里，我便再也辨认不出。然而这份童真的善意，会如春日的一朵白玉兰，永远净化我慢慢老去的记忆。

听课后交流，质朴无华的女教师，顾不上喝水润润喉咙，便谦虚地问询："我讲课有什么问题，您尽管说吧，我会努力改进……"温柔甜美的笑容里，浮出一颗盎然向上的心。

中午回到家，我站在自家的窗内向外望。远处新绿的麦田边，一大片长了角儿的杨树枝在风中摇，枝上缀几枚鹊巢，有鸟在唱，在跳。这让人想起留有海水印痕的沙滩，以及沙上的海星和贝壳。麦田上新绿的海水，不久就会漫上树枝的沙滩，将安稳的巢和活泼的鸟儿，掩于欢乐的春潮之下。楼下空地上，坐着一对垂暮的老人。老翁拿一把刷子，漆他的旧三轮车。新漆是鲜绿的，是春天希望的底色。老妇人背对着太阳，微笑地望着老翁。阳光静静地流泻，让人默念起"醉里吴音相媚好，白发谁家翁媪"。许多耐过了冬寒的老人，如这对老人一样，走出家门，又坐到了春日阳光里。用不了几天，老翁就会慢悠悠地骑上三轮，载着老妇人，相伴看草，相携看花吧？

多美的尘世啊！四季轮回，年年复苏一个蓬勃的春。桃红柳绿间，更有着一颗颗春天的心，溢着善意与天真，托举着谦虚与诚恳，诉说着爱恋与希望……怀一颗春天的心，便永远有鸟语花香的四月天吧！

月季香，菜花香

"只道花无十日红，此花无日不春风。一尖已剥胭脂笔，四破犹包翡翠茸。"花开四季，朵朵动人的月季，摇曳在杨万里的诗句里，芬芳了上千年光阴。乡村校园的月季香，弥散着诗意的美好，芬芳着我逝水流年的记忆。

几年前，我去乡村小学支教。支教第一天，就感受到工作的艰苦。学校的三道短墙内，只有两排简陋的旧平房。每个年级一间教室，各年级老师挤在一间窄小的办公室里，每两人共用一张办公桌。紧挨马路的操场倒是很大，却没有围墙。因人员少，每个老师都兼任两三门学科。校长除负责常规管理工作，还兼做勤杂工。所见所闻，却都是平和的微笑，热情的乡音。因为我和另外四位支教老师的加入，当地老师工作负担略有减轻，他们的微笑和乡音，更流露出乐天知足的态度。

初秋去，盛夏归。支教时间不足一年。支教的五个人，都想给小学留下点什么。深秋闲聊时，校长满怀憧憬地说："将来，学校操场建起围墙，孩子们在校活动时不往马路上跑，就安全多了！"大家的月薪，都不足两千，小学的大操场，建围墙要七八万元，我们不敢想。一夜寒霜降，校园的花池里，那些草本的花，全部萎谢。我的心中，悄悄绘出一幅姹紫嫣红的图景。

早春，我收到一篇卷首语的稿费，有几百元。卷首语的题材来自支教生活。植树节，我用这笔稿费换来一百多棵月季花苗。大家冒着风沙，挖坑，栽花，浇水，在花池里埋下美好的期待。在全校师生的呵护下，月季发芽、长叶、吐蕾、绽放。初夏，绚丽缤纷的月季花，花颜悦目，花香怡心。清晨的花香里，当地的女教师来上班，车筐里放一个鼓鼓的袋子，袋子里装一摞薄薄的玉米面饼。那是她起了大早，用家里的大铁锅，专门给我们几个支教老师烙的。那样的时刻，花香饼香，都沁人心脾。

暑假来临，依依惜别时，我们留下的，是满校园甜蜜的月季花香，是对乡村教育的真情笃行。

离开后，常常回味乡村校园的月季香。与那所小学相关的消息，也常花香般飘入心底：暑假里，年轻的女教师远赴外省，自费参加业务学习；初秋，小学里迎来几个新毕业的大学生，校园里添了青春的朝气和活力；初夏，醉人的甜香又飘满校园，月季花棵棵苗壮，朵朵迷人……

几年后的春天，我再次来到曾支教的小学，却已不是"旧时相识"。不见了昔日的旧平房，漂亮的教学楼拔地而起，大操场圈起了高高的围墙。教学楼前，甬路两旁，操场边上，金黄的油菜花开得正旺。清新的花香，飘漾在整洁的校园里。操场一隅，是一片长方形菜园，一畦畦蔬菜行列整齐，长势茂盛，不见一棵杂草。香菜、菠菜、大蒜、韭菜、小葱……菜畦边的矮栅栏上，挂着整齐的菜名签。这些，是一位老师和孩子们的杰作。拆平房，盖楼房，建围墙，月季花几经挪移，没能活下来。那位老师，便想到了菜花香。他说，村里的孩子，即使教育条件再好，也不能个个考上大学，识得五谷，种菜种地，是都应学会的本事。于是，课余时间，他耐心地带领孩子们，翻地、撒种、浇水、间苗、锄草、施肥……

放学时，孩子们排着队，吟诵着"儿童急走追黄蝶，飞入菜花无处寻"，快乐地走向校门口。他们身后，菜花明艳，蝶舞翩翩。一只小黄蝶，追着队伍后面穿鲜黄上衣的女孩儿，欢欣地飞出校园。"梅子金黄杏子肥，麦花雪白菜花稀。"当夏日来临，菜花谢去，油菜结荚，校园里，该是另一番别致的风景吧？

油菜花香里，恍惚飘出记忆里的月季香。"一番花信一番新，半属东风半属尘。惟有此花开不厌，一年长占四季春。"这首咏月季花的诗，不也可以咏心花吗？月季香，菜花香，不都源自四季常春、常开不厌的心花香吗？

露珠与珍珠

下班路上，一个亲切的声音呼唤我停下。路边站着个单薄素净的陌生女人，汗津津的脸对着六月的夕阳，盛满笑意的眼睛迎向我，眼角有细密的皱纹。她身旁停着辆旧自行车。我以为她认错了人，回赠她一个善意的微笑，准备离开。她怯怯地说："老师，我等您好久了。女儿说您工作太忙，家务事也多，所以不敢去学校和家中打扰，可我实在想和您说几句话，就早早来到这条路上等。我在女儿的班级合影上见过您，不会认错您的模样。"细辨她说话的声调语气，有些熟悉。她，该是我哪个学生的家长吧。

"你是……"她说出女儿的名字，双眼晶莹莹的："我就是想亲口对您说声'谢谢'，如果没有您关心，我女儿不会是现在这乐观向上的样子。"她推起自行车："老师，您骑上车，免得耽误回家做饭。"我以为她与我顺路，便和她骑车慢行，她一直护在我左侧，嘴里絮絮地说，吐出的每个细节都是感激我的缘由。我，对她女儿做了些什么呢？我努力回想，只忆起不久前的两个镜头：

丁香在窗外绽出一树紫一树白，孩子们开了窗，一张张笑脸就在馥郁的香气里盛开。一个女孩儿却恹恹地伏在桌前，泪水打湿了书页。这个女孩儿，有着很强的逆反心理，曾经骄傲地站在我面前，抗议我对她善意的约束。我走到女孩儿身边，掏出纸巾轻拭她的脸，然后领她到办公室，女孩儿哭诉着痛苦和悲伤——突来的心肌梗夺走了父亲的生命。之前的家长会，参加的都是她父亲，敦厚结实的样子，总让我想到父爱如山。那么可靠的山，竟然崩塌了。我鼻子酸酸的，把女孩儿揽在怀里，抚摸着她的肩："要学会坚强！除了妈妈，爱你的还有同学和老师……"丁香花谢去的时候，女孩儿脸上忧郁的阴云也悄然散去。

　　转眼，金色的蔷薇爆满枝。晨光中，琅琅的读书声淹没了女孩儿的沉默。那个女孩儿，呆呆地望向窗外，红肿的眼睛像桃子。我拉着女孩儿走向窗外的花园。小心问询，我听懂了女孩儿的迷惘——她找不到学习的意义；母亲每天起早贪黑帮人加工衣服，也赚不了多少钱。失去爸爸的她害怕母亲再为她累倒，想辍学帮母亲，母亲死活不同意，她和母亲发生了激烈的争执。我让她和我一起蹲在草坪边，指点她看草叶上的露珠。一缕缕阳光流泻在草叶上，一颗颗晨露闪烁着七彩变幻的光。我说："草叶上的小世界都这样神奇美丽，天地广得很，许多精彩还等着你去欣赏呢，只不过，你得插上知识的翅膀。要是真的疼母亲，就给她的苦一份希望的甜……"太阳渐渐升高，草叶上的露水不见了，新鲜的草坪绿得晃眼。

　　电话铃急促地响起，一个女人焦急地向我求助："老师，请您劝劝我的女儿……"没把话说清楚，声音就哽咽了。打电话的是女孩儿的母亲。

　　那天下午，女孩儿来上学，看我的眼里含着歉意的笑，俨然是一个知错要改的孩子。

　　到我住的小区门前，下了车，女人和我道别。我约她到家里坐，她满脸愧疚地告辞："这一路听我唠叨，已经耽误了您做饭的时间，等您闲了，我一定带女儿去家里感谢！"女人调转车子，朝陪我来的方向折回去。忽然记起，问过女孩儿的家，在城市的另一边，与我家隔得很远。

没想到，于我来说那么微不足道的两个细节，竟换来这位母亲如此厚重的感激。这份感激，让我在疲惫的黄昏，感悟到忙碌日子里付出的那些琐碎的意义：生命旅程中，我们对别人的细言微行，虽然只是一颗颗易随时光蒸发掉的朝露，但因为折射了爱与感恩等许多人性中的美好，便会积淀成岁月里光彩夺目的珍珠，成为人世间最璀璨动人的瑰宝。

半截故事里的完整

深秋的早晨，随车颠簸在去乡村小学的狭窄路上，惊惧地想着那些虫子。即将抵达的校园，暗黑的美国白蛾的幼虫，树上挂着，地上爬着，墙上伏着。面对如此庞大的虫子阵容，从小怕虫的我，简直毛骨悚然。

走进校园，正是预备时间，孩子们看见我，小燕似的飞跑过来，稚嫩的童声满是热情和期待："老师，什么时候再上写字课呀？""上课时，先教写字还是先讲故事？"……小学里老师极缺，音乐美术等几门非考试课程没办法开。我来支教，除了教五年级语文，还教全校写字。每周一节的写字课，成了孩子们日日的期盼。可因为一个女老师病倒休假，我得在语文课教学之余去给她代课，写字课已停了一月。

我微笑着回答孩子们的问话，同时小心避开校门边那棵榆树，榆树光秃秃的，枝上裹着枯褐色的虫蛹，还有数不清的黑毛虫在蠕动。一个二年级的小男孩儿，吸着鼻子，龇着豁牙问："老师，再上课时，你还接着讲《花环公主》吗？"我点头，他拍着小手蹦跳起来。跳着跳着，他忽然停下，右手伸向我的裙角，捏起一只黑色的毛虫，扔到地上，狠劲用脚踩。之后的日子，记不清多少孩子从我身上捏走可恶的毛虫，我只清楚意识到，在虫子肆虐的背景中，孩子们在每一个细枝末节传递着对我的爱。

一月之前，二年级写字课上，孩子们写完字，为了填补阅读的空白，我给他们讲童话《花环公主》，故事讲了半截，就被叫出去给生病的女老师代课。

那天，恰好生病的女老师来上班，写字课终于恢复了。我再次走进二年级教室，孩子们顿时活跃起来，有的拍着小手，有的举起双臂，有的从座位上站起来，还有的干脆站到凳子上，好像有人指挥似的，有节奏地欢呼着，表达他们的兴奋和对我的喜欢。写完字，孩子们嚷："老师，接着讲《花环公主》！"我问："故事讲到哪里了？"我以为他们对前面的情节已经忘记。孩子们几乎齐声答出了前半截故事结束处的语句。一个月的时间，七百多小时，几万分几百万秒，要怎样想着念着，才能清楚记住那半截故事结束时的语句？我强忍感情，眼角还是湿润了。孩子们记住这半截故事的原因，除了强烈的求知欲，一定还有对我温柔关切的神领与回报。

接着故事的上半截，我继续讲下去，尽量把每个细节都讲述得清晰生动。孩子们专心致志地听着故事，有几双小手飞快地摆弄着，小手中是一张张写过字的纸。故事讲完，几只小手向我递过来，小手中，虔诚地举着他们的礼物——听故事时叠的纸宝、纸船、纸衣裤。他们的礼物稚拙粗糙，上面写着的"送给王老师"类的字迹也歪歪扭扭。我接过来，却分明触到了一颗颗童心的热度！

光阴荏苒，我越来越深地爱上这些孩子。因为爱，我可以勇敢地突破虫子的包围圈，笑对寒冬，笑迎春天的来临。

我与乡村孩子们的相遇，或许只是半截讲不完的故事。或许，我没有机会看到这些孩子的明天。但是，这段际遇，会如曾经在小心灵里反复念想的半截故事，每一个细节都清晰地印在我的生命里。半截故事里，承载着爱的点点滴滴。这点滴的爱，有去有回，来来往往，是一种动人的完整。

　　漫漫人生路，许多黯淡背景中的相逢，都如这半截故事，因为某个缘由，发展一段拨动人心的情节，或许没有高潮和结局，只如浮掠一时的光影。但那光与影，因为折射了人性的美好，会使我们的旅程，愈发鲜活生动。就让我们，带着挚爱真情，把每半截故事，都书写得完完整整！

阳光满窗

元旦放假前一天，狂风裹挟着寒冷，在小学校园里扫荡。我正瑟缩着站在讲台上给孩子们讲课，突然一阵稀里哗啦的爆响，教室后面窗子上一块松动的玻璃碎落到地上。呜呜的风声霎时闯进来，一排排针似的向骨头里刺。这所小学地处僻远乡村，交通极为不便，安块玻璃也是件不小的事。

开学这天，我随着预备铃声踏进校门，又看到那个碎掉玻璃的窗口，放假前稀里哗啦的声音冰碴似的溅到心头。我不敢想象怎样在冰窖般的教室里开始新年的第一课。

教室里人影晃动，不知愁的孩子们在快乐地玩耍。一个男孩儿看到我，迅速跑到窗前，窗子里绽开一张灿烂的笑脸。男孩儿挥着手大声向我问好，他的声音被教室里别的孩子听到，一张又一张笑脸凑到窗前，在热忱的招呼声里，明媚地绽放。有几张脸被挡住半面，却并不影响微笑的饱满；有的孩子索性就近搬个凳子站上去，以向我展示迎接的盛情。这个漏风的窗口，很快被笑容塞满。

我站在教室外，看着满窗的笑脸，感受着孩子们盛大的欢迎仪式，眼前闪烁着大朵大朵的阳光。我掏出相机，满窗的阳光定格成永恒。

第一个跑到窗口的男孩儿，俊秀的小脸盛开在正中间。来这所学校支教的第一天，我拎着大大的包裹走进校门。他正在校门口玩儿，看到我，友好地跑过来，喊一声"老师好"，便夺过我手中的行礼包，愉快地向宿舍挪去。

那个淡眉小眼儿、被窗框挡住嘴的男孩儿，个子很矮，顽皮得像只猴子。他的家，就在学校旁边。村子里常停电，停电时无法从地下抽水，中午我们常要面临无水之炊。这个男孩子，一听到上下课的电铃声换作哨子，就会跑到我跟前，向我讨了水桶带同学到他家抬水。矮小的他，吃力地抬着满满一桶水走进我们宿舍，满脸的善意和自豪。他笑盈盈地说："老师，我家的大缸里，随时给您存着水呢！"

最后面那个站在凳子上的胖女孩儿，红红的圆脸像个熟透的大苹果。她的成绩，是班里最优秀的。为了鼓励孩子们进步，我坚持从城里买最好的糖果作为奖励。这个女孩儿，从不肯领取我的奖品，她每每笑着摆手，用甜甜的童音说："老师，您别花钱买糖果了，剪朵小花儿给我们就好，您来这儿教我们还要花车费，破产了怎么行！"

……

窗内的孩子们，是一颗颗小小的太阳，他们的笑容，散射着善良、淳朴、热心、感恩，是冬日里最温暖的阳光。隆冬腊月，内心的和煦驱赶着身体的寒冷。我又何尝不是别人世界里的太阳？新的一年，我会和懂得爱与感恩的芸芸众生一起，努力将人性的美好，开成大朵大朵的阳光。

每个生命都是一朵阳光

新学期第一天，在楼梯上，一个矮小的女孩儿拄着双拐，拖着两条弯曲细瘦的残腿，艰难地向上挪移。拐杖交替着落在地上，发出刺耳的声音，刺得人心疼。我伸出手："来，我扶你上去。"她身子一闪，一脸春草般蓬勃的微笑："老师，谢谢您！我自己能行。"怕自己的怜惜伤了这女孩儿的自尊，我赶紧缩回手，停下脚步让她先上楼。她双拐定在楼梯上，也停止向上挪动："老师，您先走。"她的话语，坚韧中透着快乐。

走进新任教的班级，一眼认出拄拐上楼的女孩儿。当天作业是一篇日记。女孩儿的日记脱颖而出：字迹清新，文采斐然，有丝丝缕缕的阳光在字句中流溢，读得人心头一股股地暖。

一学期下来，许多次，女孩儿的习作被当成范文在班上朗读。市里举办征文比赛，她轻松获得一等奖。元旦前，学校收到一封热情洋溢的感谢信，原来，女孩儿利用微机课和课余时间学到的电脑知识，义务帮一家锅炉厂设计制作了网站，还帮他们设计制图并撰写了专利说明书。和她谈心，我问她是否知道张海迪和史铁生，她满脸阳光地微笑："知道，我正以他们为榜样。"

班里的学生和各科老师，格外照顾这个女孩儿，上课发作业，叫到她名字，相邻的孩子会很快跑上讲台，替她领回去；上楼梯时，她依然不让人扶，可一直有女生友好地护在她身边；上体育课，女孩儿也挂了拐挪到操场上，对着太阳，笑望不远处的同学，不时有同学快乐地喊她名字，把排球传到她身边，她开心地应答着，挂着拐追到滚动的排球，再愉悦地传回去。她的脸上和身上，烁动着晶莹透亮的阳光。她双拐落地的声音很响，渐渐地，不再像初次听到时那么刺耳，渐渐地，就听出声音里的坚韧和快乐。

期末作文题目，是《从生活中学习》。女孩儿先记述了一个黄昏的细节：母亲有事，没及时接她，她边写作业边在教室里等。已到晚饭时间，看门师傅让小卖店的店主上来看她，店主问明情况，回小卖店拿来面包和水送给她。她由此联想到许多温暖的镜头。原来，先天性疾病使她双腿残疾，后来又患上肾炎，父亲从小弃她和母亲而去，母亲不惜卖掉房子，债台高筑给她看病，好心的姨妈把她们母女接到家里。她沐浴着母亲关切的微笑，聆听着姨妈鼓励她坚强的故事，享受着同学、老师等许多人无数个关爱的瞬间，学会了坚强，学会了努力，学会了微笑与爱。

读着女孩儿的作文，心中有阳光暖融融地舒展，阳光诠释的哲理也悦耳地响起：每个生命，都是尘世里的一朵阳光，都能驱散阴霾，赶走风雨，扮靓虹霓，以花朵的姿势，绽成一片柔软而蓬勃的春意，温暖了别人，也美丽了自己。

点染心灵

"王老师，咱俩照的照片给我一张好吗？——杨迪。"

看到短信的瞬间，心底倏然泛起柔软而温暖的涟漪，几十里外，有一群孩子，想我了。

发短信的杨迪，是个灵秀的小姑娘。在我支教的乡村小学，她曾和同学们一起，每天早晨，欢快地迎我走进校门，傍晚，再欢快地送我离开。支教结束后的暑假，去白洋淀，正在荷花间流连，身后传来甜美童声的清脆呼唤。回头看，一个娇小的女孩儿正拉着妈妈的手向我走来。欣喜染红了她恬美的笑脸，初绽的粉荷般仰对着我。我高兴地喊着她的名字"杨迪"，拉起她的小手，她幸福地依偎在我身边。这师生邂逅的温馨镜头，定格在老公手中的相机里。这惊喜的一幕，在刚上三年级的小杨迪心间，闪烁过许多次吧？不然，几个月过去，她怎么会找到我的手机号码，怯怯地发来短信，试探着要一张照片？

乡村小学的小杨迪们，记忆中定有几幅与我有关的画面吧：金色阳光下，我拿着相机拍他们花团锦簇的笑脸；课堂上，我温柔地给他们讲童话；乍暖还寒的春天，我和老师们冒着风沙种下一棵棵月季花；考试后，我从包里掏出花花绿绿的糖果和笔作为奖品……

秋风紧了。清早，拎了大大的袋子走在路上。晨练的朋友见了，问："这么早，去上班？"是去给高中生送饭。吃饭的，除了女儿，还有我曾教过的学生，一个好学的女孩儿。她的父母，在外地工作，家里只有年迈的奶奶。女孩儿住校，周末，也偶尔叫上她，来我家吃饭。校门口，女孩儿拉着我的手，单薄的身子和我靠得很近："老师，我感冒了，很难受。"她蹙眉撒娇的样子，宛然是我的女儿。多年之后，瑟瑟冷风里，她想起我在厨房争分夺秒的手忙脚乱，想起我在校门口等待时的安宁如水，又会是怎样的姿态心情？

大大小小的节日，来自四面八方的短信，满天星一样繁密地在手机屏幕上绽开。发短信的，有不少是已成家立业的大孩子。我青春时代的一颦一笑，在他们记忆的星空里，皎洁如月。"老师，您刚毕业时，身材真好，最喜欢您那条漂亮的黄围巾。""您还记得王博吗，她小学一年级到黑板上写字，因为个子太矮，您把她抱起来。"……

上学的时候，爱极了那样的时光——静静地坐了，在画纸上点染写意。素描，水彩，水粉，工笔，我都喜欢。可是，因为教我的孩子们，渐渐疏远了作画的时光。于是，我用生命作笔，蘸了浓浓的爱意，积年累月地在心灵的白纸上点染。一路走来的痕迹，或深或浅，以亮暖的色系，绘在孩子们成长的记忆里。心灵上舒展的温馨画卷，记录下的，不也是动人心弦的多彩人生吗？

雪夜里的阳光

　　雪花静静地飘落，融化成脸上的丝丝冰凉。冬夜已深，她走在校园空寂的甬路上，脚踩在雪上发出的咯吱声增添了心中的恐惧，她打个寒战，步子快起来。从画室到宿舍楼，仅有几百米的距离，倦乏的她恍然有隔世之感。终于走到女生楼前，她舒了口气，准备进去。楼门是锁着的，忽然想起学校的规定——每天晚上十点半熄灯后楼门会上锁。此时已是午夜，楼内悄无声息，同学们都安然入睡。该怎么进去呢？

　　在楼前徘徊了一会儿，她不再犹豫，壮了壮胆儿，两手攀住一楼僵冷的护栏。要想回宿舍，只能沿着这护栏爬到二楼的阳台，阳台里面是洗衣间，从洗衣间可以回宿舍。她顾不上危险，只希望马上回到温暖的被窝里。她正手足并用艰难地向上攀爬，突然，一个低沉的声音从脚下响起——有人在喝令她下来。她被吓得哆嗦一下，身子差点摔下去。她很吃力地从栏杆上退下，老主任威严地站在那里。老主任负责学校治安，每天检查学生的作息，他工作认真，为人严厉，从不轻易放过违纪的学生。

老主任的手电筒发出一道红亮的光，在眼前单薄的女孩儿身上脸上晃了晃。他怒问她为什么深夜爬楼，她乖乖交代事情的缘由：她是个热爱美术的女孩儿，高三的她希望能顺利通过美术学院的专业测试，也梦想毕业前能在学校办一次个人画展；高三的学习空前紧张，于是她决定每晚九点半下自习后去画室加班，想不到第一天就沉浸在线条与色彩的世界里忘记了时间。她向老主任保证，今后再也不会迟归宿舍了。

　　老主任耐心地听完，语气变得温和起来："孩子，做事贵在坚持，明天还可以去画室，只是别再爬栏杆，那样做太危险，也别画得太晚，得注意休息。我有楼门的钥匙，以后每天给你开门。"说完，老主任掏出一串钥匙，手电筒的光线对准了楼门上的大锁。老主任和楼门间横着道亮亮的光柱，轻盈的小雪花在光柱里调皮地飞舞，晶光闪闪，格外美丽。她感觉凄冷的雪夜里，多了道暖暖的阳光，光柱里的小雪花，成了快乐的蝴蝶，飞进她的心里。

　　那夜之后，静静的冬夜里，她每晚坚持去画室，经常是画兴未尽却发现已夜阑人静。她不再害怕楼门紧锁，因为总有一个人会在午夜前迎她走回宿舍楼前，默默地在冬夜寒风中为她开门。那道手电筒的光芒照亮的，不止是几百米的甬路和那把铁锁，还有一颗年轻向上的心。

　　春暖花开的季节，她以优异的成绩通过了美术学院的专业测试，并成功举办了个人画展。多年后，美术学院毕业的她成了画界小有名气的女子，她一直记得冬夜里那道柔和的光芒。那光芒昭示着：在人生的某个瞬间，即使是一只小小的手电筒，也会给冬夜添一道温暖的阳光，照亮一条恒久坚持的奋斗之路，通向繁花盛开的春天。

带你找到家的方向

　　他是刚上初三时转到我班的。健壮结实的体魄，举动风风火火，与同龄男孩儿相比，眼里藏了许多桀骜和沧桑。听说，上了两年初中，他就辗转了三个学校。应该是个调皮捣蛋的刺毛球吧！对他，多了些谨慎，隔了层小心。

　　开始，他的刺并不急着扎出来，在我面前，显出一副谦恭的模样。我讲课时，他在座位上专心地听，偶尔会意地点头，或者兴奋地附和几句，声音粗重却掩不住热情。那虔诚的神态，像极了追星的粉丝。

　　他的反常表现开始于一堂作文准备课。为写一篇以"家"为话题的作文，我引导学生从生活中取材，回味交流父爱母爱的细节。叫他发言时，他却一声不吭，神色黯淡地望向窗外。动笔作文时，别人握笔疾书，他攥着拳头发呆。我几次点他的名字，他却无动于衷。那次作文，他一直没交上来。

　　那天下午，我刚到校，就有学生偷偷地对我说，他，刚刚在校门口挨打了。我快步走到他座位前，他的半边脸肿着，脖子上鼓起一道瘀血的青紫，还未等我开口，他蓦地站起来，脸涨得通红："老师，我保证，这次我绝没有动手，是一群人打我，他们拿着手腕粗的木棍，你看——"说着，他捋起袖子，露出粗硬的手臂和触目的伤痕。他继续说下去："我过去确实有不少毛病，可自从转到您班上，我真的想学好。要不是想到您的要求，我非往死里打他们不可！"说着说着，他开始咬牙切齿，扭曲的愤怒里，我看到他强忍的疼痛。我的心，在那一刻，五味杂陈。这个孩子压抑的愤怒和疼痛里，有着怎样让人心酸的经历？

我想打电话通知家长带他去医院看伤，他冷漠而倔强地摇头："别打了，我早没家了，不用去医院，这点皮外伤，过几天就好了。"

他坚持不说父母的电话，我只好强拉了他去医院。路上，在我心疼的追问下，他诉说了自己的经历：小学四年级以前，他是个品学兼优的孩子。自从父母开始吵闹，他的幸福就被改写。父母离婚，各自有了新家，他被判给了父亲，却谁也不肯跟，搬到行动不便的爷爷那里。上网吧，抽烟，迟到，旷课，打架，他以这样的方式作为痛苦的出口，被一个学校劝退又转到另一个学校。

第一次，我看到了他的泪："老师，转到您班上第二天，我的肠痉挛犯了，您问我爸妈的电话，我撒谎说他们出差了，也是您督促我去医院。后来您得知我常常不吃早饭，就要带早点和豆浆给我。我常想，为了您对我的好，也要改掉坏毛病。可是，过去的恩怨，有些人还是忘不了……"

检查处理完伤口，拉着他走出医院大门，我感到肩上的担子无比沉重。我在努力地想，要怎样走下去，付出怎样的爱，才能帮助这个孩子，找到家的方向，找到温暖的方向？

多年后，在贴吧中看到这样一段话："小时候由于家庭环境影响太大，曾走过很多歧途。初三那年，我遇上了一个改变我一生的好老师，是她让我感受到'家'的温暖，努力帮我磨去恶习，让我重新生活，及时回归正轨……"

　　这段话，就是长大后的他写下的。这段话让我坚信：正如葵花总是朝着阳光的方向，心灵也总是朝着爱的方向。爱，终会有回音的。心是爱的回音壁。这回音，让曾经的付出，无怨无悔。

收入心灵的暗香

"疏影横斜水清浅，暗香浮动月黄昏。"两句诗的意境朦胧而奇妙，与我某些时刻的心境极为相合。

一个并不熟识的同行朋友，孩子要参加市里的讲故事比赛，想用我作品中的题材，并希望我能对故事稍加删改。那天上午，她试探着打来电话，我欣然应允，利用午休时间将故事删改好发到她邮箱。

当天晚上就接到她的感谢电话："王老师，想不到您这样热心，谢谢您！耽误了您的休息时间，真过意不去……"

我笑答："举手之劳，只怕我的故事不合适……"

第二天，这位妈妈来到我办公室，从包里掏出一个精美的盒子。一缕怡人的香沁人心脾。盒子里是一瓶高档香水。亲戚从香港捎回给她，她说自己不用这个，转送给我。眼前这位漂亮可人的时尚女子，应该和我一样，喜欢用点香水的。好香水的价值自然不菲。于她于我，这香水都极珍贵。一缕精巧调配的香气承载着这个知性女子心灵的芳香，轻盈地飘入我心里。

我诚恳地道着谢，坚持将香水塞回她包里。我用温善友好的目光表白：我的心底，已暗香流溢。这暗香里，有我的一点点小善，有她的一缕缕感激。

　　讲故事比赛的会场就在我们办公室旁边。几天后，比赛结束，她牵着女儿来到我面前，微笑着告诉女儿："你讲的故事，就是这位阿姨创作并帮你删改的。"乖巧的女孩儿忽闪着清澈的眼睛，喊着"阿姨"向我致谢。那一刻，浮动在心底的暗香，早已胜过一瓶价值不菲的香水。

　　春节前的周末，我上了QQ隐身敲一篇小文。突然一个头像蹦出来："老师，您在吗？想去家里看看您。"一番问答，原来是在首都工作的学生，回小城探亲，要来家为我送上节日的祝福。这是个极懂事的学生，我搬家前，他每次回来，都带着礼物到家中看我。一次次拜访，呈上的都是对我多年前那些微薄付出的厚重感恩。漂在北京的他，辛苦地在职场打拼，已近而立之年，才刚刚在小城贷款买了房子，媳妇还未娶回。或许是我的祈愿太急太超前，而现实向幸福前进的脚步太慢太滞重，每每看见或想起他，心里都颇不是滋味。心疼他为我破费。我推说有事，婉拒着他。聪明的学生猜到了我的心思："您放心，我不会买什么贵重礼物，只想和您谈谈心，快告诉我地址……"

　　我终于没把新家地址告诉他，只和他在QQ上畅谈，得知他工作和爱情渐入佳境，心间开出喜悦的花儿。他通过网络传过来的那份感恩与祝福，也化作暗香，在我心底弥散。

　　最喜欢台湾诗人席慕蓉与国画大师溥心畬目光交流的美丽瞬间——席慕蓉幼年师从溥心畬时，因诗词底蕴深厚而颇受溥老师欣赏。一日，溥老师当堂写了个"璞"字赠她。"交接仪式"上，一个男生突然冲过去将字抢走。溥老师用眼神示意她抢回，席慕蓉用目光回答老师："谢谢您用那么美好的字形容我，您所给的，我已收到！"大气的席慕蓉收下了字的神，却将字的形让给了男生。

许多个疏影横斜的瞬间，面对别人的感谢、感恩、关切等盛情美意，我也用目光、语言或行动示意：你所给的，我已收到！请收回那些贵重的"形"，那些美好的"神"，已成为心底的暗香，在我的生命里浮动芬芳。

种在文字里的童书

"阿姨，谢谢您买这么多书给我！我一定认真读完！"当我的十指轻敲键盘时，耳边常响起这稚嫩的童音。

这童音是同学的小女儿的。她读三年级时，一位儿童文学作家新出版了童话作品集，寄给我一本。我读完后，同学看到，拿回去给女儿读。每天写完作业，小姑娘便捧着那本童话集，有时感动得唏嘘不已，有时笑得前仰后合。从同学开心的描述里，知道了小姑娘是个小书迷。我便开始购书给她，按照《义务教育语文课程标准》和专家推荐的小学各学段基础阅读书目，在当当网购买了寄到同学单位。最近一次给她购书是暑假前，她即将升入五年级。我给她选了《爱的教育》《王子与贫儿》《草房子》等七本童书。收到书，小姑娘满怀兴奋地给我打来感谢电话。

"王阿姨，谢谢您！"一个衣着朴素的女孩儿站在一座旧楼门口，接过盛有新书的袋子，腼腆地微笑着。当我端详着屏幕上一行行打出的文字时，眼前常浮现出女孩儿腼腆的笑脸。

这腼腆微笑的女孩儿，是我的旧邻居。她刚升入初中，因父母感情不和，跟着奶奶生活。她好学向上，喜欢作文，常在网上问我学习方面的问题。有一天，女孩儿让我帮她想个笔名。我按她名字的谐音，取了"尘玉"，意为尘世中的美玉，希望她在逆境中心存美好，如无瑕美玉。她自己想的和我取的异曲同工，"冰阳"，冰雪上的阳光，寓意是逆境中的希望。小考结束，她问我可以读些什么书，我便网购了初中语文必读的中外名著。因为她和奶奶住的旧楼不能收快递，书寄到我单位。我收到书，和她约好去给她送，便有了旧楼门口她接过书时微笑道谢的一幕。

"有老师要送书给我，真的吗？"一个七八岁的男孩儿披着浴巾，顾不得擦去身上的水珠，径直跑到妈妈对着的电脑旁边，睁大亮晶晶的小眼儿，对着妈妈刚打开的网页，满心欢喜地选自己喜欢的童书。当我将刚完成的一篇文章贴到邮箱时，心中常神往着这充满希望的镜头。

镜头中的男孩儿在偏僻乡村读一年级。他妈妈和我在网上相识。那天晚上，和他妈妈聊，知道了小男孩酷爱读书，近期愿望是买一本《中国神话故事》。妈妈不会网购，还没时间带他到城里买。我说可送他一本，并贴去适合他阅读的课外书目，让他再选几本。听妈妈喊有老师要送他书时，他正在卫生间洗澡。澡还没洗完，他披上条浴巾就跑到电脑旁选书。当他妈妈把这个镜头用文字描绘给我，我想象着男孩儿欢喜的模样微笑起来。他很有眼光，还选了叶圣陶精选作品集《稻草人》，法国"第一次发现丛书·透视眼系列"植物类的六本书。他让妈妈打字给我："阿姨，谢谢您！您藏书可真多啊！""是啊，我这里藏书多得很呢！"我打开当当网，开始给他购书。

当当网上，我已注册了几个账户，给这小男孩订书的以"一缕淡香"为名的账户，童书订单已有三页，订书已逾一百册。

我虽非富人，却衣食住行无忧。业余钟爱文字，偶尔，对尘世间的点滴美好，眼有所见，耳有所闻，心有所感，沉思默想之后，便在电脑文档中蔽出一篇文字，发给报刊编辑。一朵朵文字的墨花绽放于报刊，变成一单单微薄的稿费。那些稿费，购得一本本童书，飞向远远近近爱读书的孩子。每每构思一篇新文，心中都萦着别样的美好：一本本给予知识、启迪心智、承载着希望的童书，就种在我心底流淌出的文字里。尘世的诸多美好中，也有我用文字育出的淡香一缕。

同一首歌再次响起

校园艺术节上，帅气男孩儿的一曲《大中国》余音未尽，眼前飞快晃过一个人影，一张纸条塞到我手上。那么熟悉的动作，让人发笑又让人心痛。是那个智力有障碍的孩子。细长的脑袋，聚在一起的五官，呆滞的目光，向外翻突的嘴唇，已经十七岁了，可还是个弯腰弓背的瘦小男孩儿。他虽卑微，却常常向我们证明他的存在。遇到老师，他会突然跑上前，大喊一声"老师好"，然后离开；课间，老师办公室的窗外有时会出现一个小脑袋，求助的目光追逐师长们的行踪；他和老师说话，往往是支吾着诉说哪个男生欺侮他，希望替他讨还公道。在这个孩子眼里，师长就是他的保护神。

展开那张皱巴巴的纸条，几行歪歪扭扭的字映入眼帘："老师，我也要唱《大中国》，给我们初一二班加分！我去班里准备了。"

坐在旁边的校长默默拿过我手里的字条，注视着那稚拙的字体，神色凝重。扭头望教学楼，那个瘦小的身影还真的在初一二班教室里晃动。过去他唱歌的情形历历在目——放学时，他倏地从某个角落蹿出，大声唱起歌，一边唱一边四处张望。由于先天吐字不清，在支吾声中细听，有时可以辨出歌词和曲调。他张望时带着满足的憨笑，眼神里流露出被认可的期待。

节目已近尾声，他又出现在眼前，"老师，我……我，准备好了！"他支吾着。我低声说："冬冬，每班只允许出一个节目，你们班的武术表演已经结束。"校长却微笑着望向冬冬："一会儿你就到主席台上唱吧，我给你报幕。""好！好！"他重重地点头。

节目单上的节目演完，兴奋不已的同学们准备离开。校长走上主席台，抬手示意大家安静，然后一本正经地说："现在我们欣赏最后一个节目——《大中国》，由初一二班冬冬演唱，请大家鼓掌！"随着校长的掌声，更多掌声响起来。他还是一溜烟似的，弯腰跑上主席台。

同一首歌再次响起，刚才那个帅气男生唱得很精彩的《大中国》的旋律，被一个智力有缺陷的男孩儿用呜呜哇哇的声音送出来……这声音令人发悚，令人心痛，也令人感动。在一片静默中，这歌声是那么响亮，这歌声展示着一个被命运扭曲的弱势生命的存在。歌声结束，在一片闪闪的泪光里，所有的手，都送出最热烈的掌声。

校长用一个细微的举动让大家明白了尊重的含义：每一棵小草都有起舞的机会，每一朵小花都有开放的理由，即使是卑弱的生命，也有在人生舞台一展歌喉赢得掌声的权利。

为你放弃声音的甜美

女教师有着清脆柔美的声音，甜而不腻，是韵味无穷的中音。那个男生转到班上前，她一直用这美妙的中音教学。

新学期初，转来一个高个子男孩儿，憨厚安静的样子。送他进班的是个面容忧郁的女人，她把男孩儿拉到女教师面前，说："老师，我儿子学习不好，但是不淘气，绝不会给您惹麻烦，拜托您多照顾他……"后来，女人似乎还有什么话想说，却欲言又止，用沉默省略了。女教师微笑着送走这位母亲，根据身高把男孩儿安排在靠后边的座位。

第一堂课，女教师就把热情的目光投向男孩儿，伸出右手做了个请的动作，用甜美的中音请他发言。男孩儿没有反应，她稍稍提高声调，又叫了男孩儿一遍。男孩儿犹疑着站起来，木讷地望着老师，一声不响。刚转到新班级上课就走神了吧？人不可貌相，憨厚老实的外表下也许是一颗不安分的叛逆之心吧？同学们好奇的目光齐刷刷转向这个新来的同学。男孩儿的脸瞬间红透，头低得不能再低。

女教师没有发火，依然用柔润的声音示意男孩儿坐下。第一遍，男孩儿没有反应，她又提高声音重复一遍，男孩儿才红着脸坐下去。

下课后，女教师轻轻走到男孩儿面前，带他去办公室，几分钟后，又随男孩儿走回教室，为他调了座位。上课铃响起时，高个子男孩儿坐到了第一排靠边的位置。

女教师再上课时，声音突然变了，中音变成高音，语速也稍稍放慢。被抬高的调子失了些自然和谐，少了点圆润甜美，然而每一字每一句都变得更加清晰。老师讲课的位置也悄悄发生了变化。她走下讲台，站到男孩儿的课桌前，大眼睛含着温暖的笑意，注视着班里的同学。讲课过程中，她偶尔会顿一下，低头望一下那男孩儿，对着他问一句："能听清吗？"男孩儿忽闪着眼睛，含笑点头。

女教师的高音教学持续了几天，声音渐渐由甜变涩，由清变浊，后来竟沙哑了。可她却不肯放低嗓门，恢复她的中音。从那以后，用高音教学的她嗓音时清时哑，她随身带着的，多了一样金嗓子喉宝。

两个月后，男孩儿听课时戴上了助听器。

十年后，男孩儿成了 IT 界的年轻才俊。回忆起女教师讲课的情景，他动情地说："小时候，由于一次意外事故，我留下轻微耳聋的后遗症，听不到微弱的声音，别人高声说话才能听清楚。在学习上，我曾一度因听不清老师讲课而苦恼自卑，然而怕同学嘲笑又不肯戴助听器。转学那年，那位像我母亲一样的女教师用清晰的声音激起我对学习的兴趣，当我理解了她每天站在我跟前用高音教学的良苦用心，听到她不肯低下来的沙哑声音，我明白了我的生命原来也是值得尊重的。我终于戴上多年不肯戴的助听器，而且下定决心，要用努力赢得进步和成功。"

女教师放弃甜美的中音，只为尊重一个听力有障碍的学生。她用沙哑的高音诠释了尊重的含义和价值。一个轻微的善举，或者会点亮别人的青春和生命，对我们自己而言，努力让生命绽出璀璨的花朵，是对生命最好的尊重。

珍惜自己的人间签证

　　全国真语文系列活动会场，年近八旬的他，头发花白，步履蹒跚，背脊微驮，着装却讲究：洁白的衬衫，深蓝的西装，领带打得一丝不苟——他说过，穿戴的细节也能体现对课堂和学生的尊重。

　　他的示范课安排在五年级的研讨课后。研讨课一结束，学生们迅速退场。两队小小的娃娃从外面进来，走上会场前面半米高的平台，坐到长长的三列课桌前。等在台上的他，弯下身子，摸摸这个的头，抚抚那个的肩，丝丝惊讶从亲切的微笑中透出来。他伸出四根手指，小声地问孩子们什么。一个孩子仰着小脸，伸出两根手指。他立时张大嘴巴，扭头对着台下，拿着话筒的手微微抖动："会前我传过资料来，特别注明教材是四年级的，要用四年级学生，可今天来的是二年级的孩子！"

　　主持活动的语文出版社社长王旭明也皱起眉头："这……那赶快换四年级的学生过来！"

　　"今天是星期天，只有五年级和二年级的学生到校。"协办校领导尴尬地回答。

王旭明社长左手挠头，右手举着话筒，一时无语。

作为从教五十多年、做过无数节示范课的全国特级教师，他丝毫不掩饰自己的慌乱和无助："这是我从来没遇到过的情况！"听课的老师们也都替他捏了一把汗：这课，该怎么上？

不知谁喊了声："赶快把五年级学生叫回来！"协办校领导急忙跑出去叫学生。四年级教材，用五年级学生，肯定没问题！二年级的孩子们，扭着身子，讶异地望着会场上的大人们。这群孩子提前被告知，一位了不起的老爷爷，要和他们上一节课。他们已期待好几天。

他看看孩子们，又看看场上的听课老师，郑重地开口了："我就试着用四年级教材，和二年级孩子上一节课吧！"

课并未马上开始。他的目光在移动，从距他最近的第一排课桌前的孩子，望到最后一排课桌前的孩子。因为平台很窄，课桌只能排出很长的三列，最后一排课桌，距他和他背后的黑板已经有十几米远了。他费力地从台上下来，和会务人员低语几句，便带头忙碌起来。很快，最后几排课桌椅被搬到台下，排成两列。刚才坐最后几排的孩子也坐到台下。

课上得并不流畅。大家听得出，他已降低教学要求，调整了和孩子们说话的神情语气。可孩子们对一些问题的理解，还是没达到大家的预期。比如，体会"老师"和"教师"两个词语的不同，孩子们天真地答出"老"和"教"发音不同，写法不同，却不知"老师"是口头语，"教师"是书面语。"卡壳"的瞬间，他不疾不徐，和风细雨，循循善诱。整节课，他从课题入手，指导朗读，借助课文进行听、读、说、写的训练，将文本的思想情感内涵自然融入语言文字训练之中。因为他的点拨，孩子们学会了用眼睛听课，学习表现渐入佳境。

请学生读书或发言，他必走到学生身边，深躬微驼的背，或轻拍孩子的头，或轻抚孩子的背，或点点孩子的肩，请孩子站起来，为孩子举着话筒，慈和地注视着孩子，微笑着倾听，亲昵地评价。对于表现不错的孩子，台上的就领到前面，台下的就抱到前面。为此，他在课堂上前后穿行，上下挪移。步履蹒跚的他，吃力而笨拙，却又稳健而敏捷。

对表现优秀的孩子，他或用热情洋溢的语言高声表扬，或用亲切温暖的动作无声激励，或用带着绿叶的蜜橘及时奖励。课即将结束时，他对着课上表现最好、被他领到台前的一个孩子，深鞠一躬，以示激励！那个孩子愣住了，所有的孩子愣住了。整个会场，鸦雀无声。观课席上，泪光闪闪。

二年级孩子，在他的指导点拨下，理解了四年级教材，将文章读得声情并茂，并出色完成了从字词到段落的语言训练。他成功驾驭了这出乎意外的一课，诠释了"用教材教"的真谛。

为什么不用五年级学生，让课上得更顺畅更精彩？为什么将台上部分课桌椅和孩子调到台下？为什么给孩子鞠躬？课后交流，有听课老师提出了大家心中的疑问。

"五年级的孩子，一定和家长说好了什么时间下课，有的还要赶去上各种培训班。不能按原定时间离校，路上就可能出事，就可能误了培训班的课。一节课的培训费，有的要上百元。二年级孩子满怀期望来和一位老爷爷上课，课没上就等家长来接得多失望！我们讲'一切为了孩子'，就得时时处处为孩子想啊！调座位，也是为了孩子们，台上台下，我辛苦些，可孩子们都能看清楚黑板，都能听清楚我说话。近八十岁的老人，给十来岁的孩子鞠躬，这个孩子，一定会终生难忘……"

后来，他提到已逝老友曾对他说的话："我们上了年纪，要多说点话，多做点事，多给这世界留下点什么。"

在座的许多老师不知道，他曾是癌症患者。手术康复后，每隔三个月就要到医院复查一次。他笑称自己是到人间签证。医生在复查书上签下状况良好，就意味着，他还可以再活三个月。三个月后，再去请医生"签证"。每过一天，他便撕下一页日历，证明自己多活了一天。而这多活的每一天，他都格外珍惜，努力实现这一天在人间的最大价值，因此享受到活着的幸福和意义。

　　教语文即教做人。他凭着自己在人间的签证，用无痕的教育，展示着母语文化的魅力，感染着一批又一批与他一起上课的孩子，影响着一批又一批听课的老师。他借无数个预想之中和意料之外的细节，传递着一位退休老教师的大爱与责任。于他自己，珍惜生命签证，便是留住了幸福天堂。

　　他，就是德高望重的全国著名特级教师贾志敏。

脚步朝着幸福的方向

全省小学语文教师素养大赛前，看选手介绍，四号邵闻名是唯一的男性。二〇〇一年毕业于河北工业大学的他，到二〇〇九年初，才通过招聘考试到偏远的乡村任教。

朗读和书写展示环节，大家对他的欣赏，都带了一份新鲜感，怀着一颗诧异心。第三关是才艺表演。先他出场的前三位女教师，或盛妆舞剑，深情朗诵，潇洒挥毫，或衣袂飘飘，眉目流转，借着现代媒体的音画背景，分别演绎了李白的诗仙风骨，清照词的婉约神韵和现代歌舞的无穷魅力。面色黝黑的他又出场了，依旧是那身灰黑的衣装，朴素得如同秋日田野里一棵粗壮的庄稼。空中没有音乐响起，大屏幕上不见画面浮出。他或许艺不如人，才未作任何准备吧？

"每天五节课，再多的喉片也消不去咽喉的疼痛，可是，选择教育我不后悔！真想再活五百年，在这片热土上继续奉献！"他说完，清唱起《向天再借五百年》，高亢激昂的声音，洋溢着满腔的热情，激起一圈圈心灵的涟漪。在教学一线工作，咽喉肿疼、嗓音嘶哑是常有的苦痛，是什么原因，让这个名校毕业的小伙子，祈望将伴着苦痛的乡村教育，快乐无悔地延续五百年？一曲唱毕，小伙子微笑着走下台，抬起右手，轻触脖颈，那是喉咙所在的部位。他的眉头，也随着手的触摸轻轻皱起。他的疼痛，就在这轻轻一皱间让人洞见。现代声影手段烘托的才艺表演，在小伙子清唱出的真情氛围中继续。表演结束，小伙子的得分，竟是难得的高分。

课堂教学展示，他抽到一篇难理解的外国文章《这片神奇的土地》。短短三十分钟，富有感染力的阳刚语言，营造出浓浓的情感氛围；水到渠成的引导点拨，让孩子们感悟理解了文章的内容灵魂。为能喊出临时学生的名字，他让孩子们各自将姓名书写在白纸上，谁想发言，就将姓名高高举起。几十张纸片一次次高举过头顶，举起的，是自信、勇敢和胜利，也是呵护和尊重。

大赛结束，与他进行了一次真诚的交流。

"你的嗓子经常疼吗？"

"包着一个班的小不点，语文数学全教，免不了话多。我爱唱歌，去年在省会参加教育培训，正赶上嗓子肿痛，我上台演唱，嗓子根本发不了声音。回到家，我哭了，以为再也唱不了歌了。"

"凭重点本科学历，你可以选择更理想的工作，为什么去乡村小学教书呢？"

"大学毕业前，我去乡村帮学演出，离开时，将仅剩的十元钱掏给衣衫褴褛的小女孩儿，她流着眼泪，声嘶力竭地朝我喊：'叔叔，你还来吗？'毕业后，在城市，我搞过工程，做过设计，可是，脑海中总浮现出告别女孩儿的那一幕，于是希望用自己的粉笔，画出一扇扇心窗，让幼小的心灵，天天透进明媚的阳光。

"我的孩子们很幸福，下课时，会围着我要赖，看我写字，听我唱歌讲故事，其他班级的孩子也会堵在我们班门口……

"一位年近八旬的老翁，走进课堂时，孩子们会兴奋地跳起，因为他一辈子呵护孩子。他是我的小学数学老师。一个中年女人，积劳成疾得了肝癌，直到生命最后一刻，还关心着身边的同事。听到她去世的消息，当场哭倒十多个年轻教师。她是我的小学语文老师。一对夫妇，连续九个月不发工资，却借钱买鸡蛋给学生们补充营养，他们是我的高中老师。我的老师们鼓励着我，让我的脚步朝着他们用生命指点的方向！"

他的脚步迈进的方向，是幸福的方向。这份幸福，来自于老师们身体力行的潜移默化；这份幸福，指向孩子们幼苗承露的茁壮成长。人世间的幸福，也大多如此，源自接受，趋向给予。

最会享受奖也可以颁

　　一堂公开课，年轻女教师执教郑尔康回忆父亲郑振铎的散文《石榴又红了》。感悟人物形象的环节，女教师没有抛出那个被同行重复了无数遍的问题——父亲郑振铎是个怎样的人？她用独出心裁的提问激发学生品读的兴趣："如果为文中的父亲颁发一个奖项，你会为他颁什么奖？说说理由。"

　　学生们经过一番静静的默读思考、圈点批注，一个个高擎起胜利的小手，一张张向日葵般昂向老师的小脸一定都挂满了急于表达的期待。

　　"我想颁给'父亲'授人玫瑰奖，因为他在过'石榴节'和打赌赢了之后，送出糖果和刻有孩子们名字的石榴，给孩子们带来快乐和温馨的回忆。"学生的回答很有创意。

　　"你说得真好！"老师微笑着称赞。

　　"我想给'父亲'颁一个爱幼奖……"

　　"我想颁给'父亲'最具童心奖……"

　　"我想颁给'父亲'热爱花木奖，因为他爱好园艺，工余时间把小院侍弄得三季有花，四季常青。"

……

热情洋溢的年轻女教师，逐个肯定孩子们的发言。

又一个男生自信地站起来："我想颁给'父亲'最会享受奖，因为他在东墙根栽了菊花，深秋花开时便摘来泡酒，大概想领略陶令'采菊东篱下'的意境。"

男生兴致盎然地发言完毕，站在座位前等待老师的赞许和鼓励。老师的话语却在这个瞬间凝滞了，她注目男生的目光犹疑了一会儿，才慢慢地开口："这个奖项听着别扭，我们一般不提倡'享受'，而赞美'奉献'，谁能改改这说法？"

男生默默地坐下了。在后面观课的我，看不到男生的眼睛，但能感觉到，他眼中自信和创造的火花，和我心中刚刚升起的欣喜，悄然无声地黯淡了下去，一同淹灭在教师这一句质疑的洪流里。

前面学生的发言中，"授人玫瑰"，"爱幼"，"热爱花木"，指向的全是"奉献"，"奉献"于人，"奉献"于草木。即使是"最具童心"，也源于能和孩子们打成一片，能将爱与欢乐"奉献"给孩子们。既然"奉献"了，当然是要颁奖的。可是，"享受"就不同了，它指向的是"自我"，伟大的"父亲"郑振铎先生，他怎么可以"享受"呢？"享受"又怎么可以颁奖呢？

然而郑振铎先生，的确配得上"最会享受奖"。作为杰出的爱国主义者和社会活动家，作为著名作家、学者、文学评论家、文学史家、翻译家、艺术史家、收藏家、训诂家，他享受着热情付出、不懈努力、无私奉献带给自己的忙碌和充实。作为一个长者，他享受着时光缝隙里与孩子们相处的乐趣：种石榴，在石榴上刻孩子们的名字，和孩子们过"石榴节"，送糖果和石榴给孩子们，孩子们的欢笑映着他不泯的童心。他热爱自然，与花木相亲，"采菊东篱"，摘花泡酒，寻常的小院春意盎然，忙碌的生活活色生香。他享受着生命过程中的每一寸光阴，享受着工作，享受着生活，享受着"奉献"于花木、于孩子、于家国社会的幸福和快乐。如果不是飞机失事，他一定还会无悔地"享受"下去，直至终老。

"享受"和"奉献"，不是陌路，是兄弟姊妹，血浓于水。从小就享受着"奉献"教育的孩子们，也本应享受"享受"的教育：享受亲情至爱，也享受蓝天碧海；享受奋斗与付出，也享受休闲与获得；享受学习和工作，也享受生命和生活……孩子们只有真正悟透"享受"的内涵，才会洞悉"奉献"的意义和价值。

第三辑　浅情薄意

人际间的浅情薄意，像一抹抹
金色的晨光、一丝丝飘逸的细雨、
一缕缕清爽的微风、一片片柔美的
地丁……凡俗庸常，却能点亮时日，
滋润心灵，怡养神思，扮靓生命前
行的路程。

八十元背后的人性阳光

寒假结束，读大一的女儿要返校了。首都机场下午四点的航班，飞抵成都，下飞机，取行李，七点半左右才能出机场。机场到学校没有直达公交，天黑路远，又没有熟悉的出租车司机，一个孤单的女孩儿，怎能让人放心？

放假时，女儿从学校坐出租车到机场，是白天，特意嘱咐她找了位女司机，并记下电话。女儿返校前一天，和女司机联系，车却已预订出去。

我和爱人犯了愁。爱人在网上搜到成都一位出租司机的电话，接通后，爱人说明去机场接女儿的事，电话那边详细询问了女儿的手机号码、航班以及飞机起降的具体时间。爱人放下电话，我质疑："网上骗子多，这人可信吗？"爱人也犹豫了："那就再找吧。"

女儿向学姐要到一串陌生的数字。数字连通的是一个老男人的声音。听女儿说了几句，那声音也同样询问了女儿的手机号码，航班和飞机起降时间。

电话里的声音，太遥远太陌生了，女儿抵达时，他若载着客人，不能去接呢？

怀疑像虫子一样不停蠕动，心成了一片禁不住蚕食的叶子。唉，成都若是有个朋友，该多好啊！这样想着，真的想起 QQ 里一位初识的文友。上网寻，她在线。毕竟不熟悉，我的话语怯怯的。她一定从小心敲过去的字句中，看到了我那片被噬咬过的叶子。她回复说可以和爱人亲自去接。我记上她的电话号码，也把我的手机号告诉她，一再重复，若老公和女儿联系的出租车都不能按时到机场，她能帮忙找辆可靠的出租车就好。

女儿联系的出租司机，或许可以信任？飞机起飞后，爱人拨通女儿留下的陌生数字，将航班、飞机起降时间、取行李时间对那陌生而遥远的声音一一重复，千叮咛万嘱咐后才挂断电话。

好不容易挨到飞机降落时间，女儿的电话终于通了。赶紧再和女儿找的出租司机联系，确定他已抵达机场，才暂舒了一口气。短短半小时内，我们一条条发着短信，一次次拨通电话，女儿终于坐上出租车。悬着的心刚落下一半，爱人的电话铃声响，心又提到嗓子眼。是女儿的电话，说又有一个出租司机打电话给她。一定是老公从网上找的那个司机！我们只觉他不可信，就再没和他联系，他竟真的去了机场！爱人从通话记录里找到他的号码，满怀愧意拨出去。"答应别人的事，我从来不会忘的……"听着电话里那热情洋溢的声音，我们一再向师傅致歉，可心中仍然愧疚不已。

放下师傅的电话，成都文友的电话又打过来，她和爱人也驱车几十公里到了机场，左等右等没等到女儿和我的电话，问我女儿是否已坐在出租车上。她怨自己："都怪我，昨晚应该问一下女儿的电话。"我告诉她，昨晚只是怕司机失信，保险起见才求助她，我们需要她做的，只是找一辆可靠的出租车。她在电话那边温柔地笑："你多疑了，这里的出租车司机素质蛮高的。我们来接，是想让你更放心……"

北方的早春，还料峭得很，可分明有一缕缕和煦的春风，从遥远的西南方向拂过来，裹着两位司机师傅和文友的诚信、热情与关切，绽成几束人性的阳光，金灿灿，亮闪闪，暖融融……

我和爱人将事先讲定的八十元钱作为补偿，充到网上寻得的司机师傅的手机卡上。愿这份薄薄的愧意、歉意和诚信，释去对一个城市，对这个社会的怀疑，也化作一缕春日的阳光，将人性的温暖与明亮，洒向远方。

穿越时光的"春风"

春晨上班，爱好书法的同事喊我："你的信！信封上的大字，潇洒得很！"同事虔诚地举起手中的信封，三行漂亮的黑色钢笔行楷赫然入目。收信人一行，我的名后是"女士"二字，右下角的报纸名和人名都很陌生。

信封里，是一份叠得整整齐齐的样报。展开报纸，一张白纸黑字的便签花儿一样在眼底盛开。洁白的纸片，行云流水的行楷，规矩的书信格式，热情洋溢的字句。一缕温润的春风轻拂，感动的心花倏然绽放。

才记起，不久前朋友邀我加入这家陌生报纸的副刊作者群，当时刚写完一篇随笔，便按群公告里的电子邮箱地址将随笔投出。想不到，作品这么快见报，编辑还寄来样报和亲笔信。

点开QQ，寻到这个疏于关注的副刊群，几位作者发的消息蹦出来，内容大致相同：感谢编辑老师！感动于他寄来的样报和亲笔信！翻群聊天记录，类似消息竟有许多条。

"不客气！新一期样报正准备寄出。"编辑老师最近一条回复，后面附一张图片，两列微微鼓起的信封整装待发。淡雅的背景，洒脱的行楷，是一缕又一缕温雅暖心的春风。十几封信，收信人名后，或是"先生"，或是"女士"。心中又有一片片感动的花瓣展露芳颜。这些收信人中，一定有人如我一样，是这家报纸的新作者。编辑老师一定如许多报刊编辑一样，每天收到几百封电子投稿，需花很多工夫审稿编稿。面对那些陌生的名字，他如何准确知悉是"先生"还是"女士"？

同样作为副刊编辑，我们当地日报的编辑老师从未给我寄过样报和亲笔信。因为，我们单位各科室都订有这份日报。隔三差五投稿到他邮箱，隔三差五接到他的电话。谦和沉稳的男中音，磁性饱满，从电话那端，春风一般，徐徐吹来。风来之时，我近日投去的某篇散文，或者已花朵般在他编辑的版面散着墨香；或者蓓蕾待放，已花开有期，他要和我推敲某个字句。

最近一次接到他的电话，是我投去一篇散文几天后。这篇散文，与我的生日有关。"许多不知名的各色野花，一穗穗，一丛丛，一朵朵……你这个句子，量词用得有失逻辑，如果是由远及近聚焦野花，应该先是'一丛丛'，再是'一穗穗''一朵朵'……"文章见报那天，恰逢我的生日。副刊版面上，那一句已改成"许多不知名的各色野花，一丛丛，一穗穗，一朵朵"。这份特殊的生日礼物，如一株木本的花，扎根到生命里，将季季迎风，岁岁芬芳。

与他，相隔仅几十分钟车程，却从未谋面。电话里，他偶尔谈及文学，上下古今，纵横中外，滔滔不绝。曾因他对某位名家某部名著的爱不释口，网购了书，追随他阅读，夜阑人静，仍爱不释手。

和本地许多文友交流，几乎都接到过这位编辑老师的电话。某位朋友因感激于他的耐心指点和热情鼓励，想以在副刊获奖的奖品表达点滴谢意。他却终不肯接受。某位当地的作家，曾这样介绍他：年近五十，温和儒雅，谦善有礼，北大毕业，是极专业的好编辑……

想起学生时代发表处女作后收到的第一本样刊，我的文后，是编辑老师的温暖点评。犹记得最后一句：我们希望小作者如她自己所写，让我们在文学的天地中，看到一颗新升的朝阳，"一个迷人的火红的充满生机的生命"。看完点评的一刻，春风漫过心田，一颗朝阳般的文学花种，悄悄萌芽，无声滋长。二十多年过去，书信时代早已远去，偶尔亲近纸笔已成为极困难的事，为一个字句运用的细节推敲交流也成为奢侈。

然而，众多的编辑老师，以责任为犁，以热心为铧，以各自的方式，坚持播种着一缕缕温暖的春风。就是这样的春风，穿越时光，让心田的颗颗花种，长成一棵棵文字的花树，墨花常开，扮靓了众多文学爱好者的平凡人生。

俗世里的高贵气质

早春的天，忽暖忽寒。

那是个不见太阳的阴郁风天。清早上班时爱人开车相送，肚子饱，车里暖，没感到外面有多冷。待中午下班，腹中空空从单位出来，只觉得烈风凛凛，寒意透心，不禁打个寒战。家离单位不远，中途又须买菜，开始并未做打车的打算。

我提着一大袋子菜走出温暖的商场，继续在马路边的人行道上瑟瑟前行。风势有增无减。没戴手套，拎菜的手冰凉，袋子愈发显得沉重。我期待救援般望向马路上穿行的车辆，心想，还是打个车吧，花几块钱无所谓。

未等我招手，一辆电动三轮车就朝我驶过来，停到距我最近的马路边。黑红脸膛的驾车师傅微笑着，迅速打开车篷门，热情地招呼我上车。师傅是熟识的人，每天在我们小区门口拉活，我曾几次乘他的车。我见到"救命稻草"般，三步并作两步走到车门边。师傅殷勤地提醒："小心点儿，稍低下儿头，别碰着。"三轮车篷顶普遍低，以前我坐别人的车，上下车时，头被碰疼过。我很快上车坐好，师傅旋即关闭车门。风被隔在车外，车内温暖了许多。师傅边驾车，边和我聊着近几日多变的天气。

闲聊着，车就停到小区门口。我身上的寒气已褪去大半。师傅打开门，再次殷勤地提醒，声调轻松而愉快："慢点下车，注意点儿头顶。"我把刚刚准备好的几块钱递给他，他红着微笑的黑脸膛，连连摆手："快收起来吧！我去送人，空车回来，大风天的，正好顺路捎上你。"尽管我执意要给，师傅仍不肯收钱。我怕拂了他的一片善意，便把钱收起来。

风势依然未减，天仍阴郁着。走在小区的甬路上，回想与这位师傅有关的片段，身心似乎被暖暖的阳光包围。

国庆节前夜，因为要赶零点的航班，我和爱人须乘十点多的火车到机场。我们住的小区离车站远，事先想好九点半坐三轮车去车站。小区门口几位三轮师傅都住附近村里，每天八点前就收工。黄昏到门口预订三轮，师傅们多不肯晚上出车。问到这位黑红脸膛的师傅时，他稍作犹豫，便点头应允。

九点半前我们到门口，师傅已站在三轮车边等，身旁还站着个矮胖的老妇人。我们和师傅说话，胖妇人憨憨地冲我们笑。她该是师傅的老伴吧。"阿姨，这么晚，您也跟着不得休息，真不好意思！"我抱歉地和妇人寒暄。"这是我老伴儿，别叫阿姨，叫大姐吧，她还年轻。"师傅爱怜地笑望着妇人，纠正我对她的称呼。路灯下，打量这相貌敦厚的夫妇俩，怎么说也有六十出头，以我的年纪，叫妇人"阿姨"再合适不过。可在师傅眼里，矮胖的老伴还年轻着。"叫大姐吧，显得热乎。"妇人笑容可掬，附和着师傅，夫唱妇随的幸福模样。

那天晚上，师傅驾车室后并不宽敞的车篷内，挤了我们三个人和两大箱行李。胖乎乎的"大姐"坚持坐主座对面低矮狭窄的木板，我和爱人坐在舒适的主座上。"大姐"一路憨笑着和我们拉家常，三轮师傅以欣赏的声调语气，附和着其貌不扬的老伴。得知村里男人到了师傅的年纪，多赋闲在家、打牌游逛；师傅却闲不住，白天出车拉客，晚饭后出车拉上老伴到我们小区对面的植物园门口跳交际舞，探戈、慢三、快四、伦巴，矮胖的老伴是他唯一的舞伴。那天舞跳到九点，师傅怕我们出来早，便拉上老伴一起到小区门口等。

春天的寒寒暖暖间，小区里，街道边，田园里，有土壤的角角落落，都吐出新绿，绽出芳华。即使再不起眼的植物，也以明媚和馨香，回馈着平实大地赋予他们的营养。大地上寻常的绿叶香花，多像三轮师傅的气质，凡俗的生活土壤，深扎着他朴实而不失情趣、善良高贵的热情之根。

尘俗小雅

闲翻《现代汉语词典》，邂逅"雅"字。读其义，竟有八种之多。众义项中，最青睐的，莫过于"高尚；不粗俗"。再查"高尚"，除指"道德水平高"外，还有与"不粗俗"相近之义："有意义的，不是低级趣味的娱乐。"

高雅，文雅，雅观，雅致，雅趣，雅兴，雅人，雅士……诸多"雅"词，都是高尚不俗的"雅"义绽出的芳花香朵儿。这些"雅"的花朵，盛放于大雅之堂，自是雍容大气；若点缀于庸常尘俗，也别有一番风情韵致。

我去位于城市边缘的小学听课。巷子尽头，学校小，教室也不宽敞。随便选了一节语文课去听。女教师很雅气，微胖的身材，暖色的衣衫，素净的脸，头发整齐地绾在脑后。她和风暖阳般在黑板前移动，在教室里行走。满室的孩子都蓬勃成春天的植物，洋溢着生机和活力。

教室里装有电子白板，教师若想偷懒，可以完全借助多媒体，一个字不板书。然而，上课伊始，她便习惯性地捏起一支粉笔。四十分钟内，那支粉笔一次次在黑板上欢快地舞蹈。课题，文章的线索脉络，关键词句，甚至易错的字和读音，都清晰地绽放在黑板上，如春天的次第花开。她的板书，端正洁净、规范整齐、美观大方，是课堂上悦目赏心的一景。孩子们书本上的字，也工整干净，与她的板书，有神似之处。

她的板书，让人想到汉字文化、书法艺术，想到传承。

课后交流，赞她的字。她谦虚："在书法方面，我还是个学生。"为练一手好字，提高书法素养，给孩子们示范，不负传承使命，她真的去做学生。暑假里，她顶着炎阳，穿过半座城，去书法培训班学习楷书。到培训班学习的，除了她，都是小学生和初中生。她坐在孩子们中间，专注地听书法老师讲楷书四大家"欧颜柳赵"，认真地学习执笔、运笔，一笔一画地用心临摹。凝神静听时，提捺顿挫间，已经四十几岁的她，雅情四溢，娴雅动人。

我们单位门外是一条小街。小街边有一个小摊，修自行车，配钥匙，也磨菜刀和剪子。城市虽小，可这样的小摊已为数不多，因为活计随生活现代化水平的提高越来越少。这个小摊边，却总围着一圈儿人。摊主黑瘦，一双粗糙的大手，长年穿的，都是旧衣裤。衣服颜色，是褪了色的灰、绿、蓝。只偶尔，他用粗糙的双手，补一条自行车胎，配一把钥匙，或捏一把旧刀在旋转的砂轮前。每天的大部分光阴，坐在摊后的他，膝上竖一把老旧的二胡，左手按琴弦，右手拉弓杆，随着曲子的旋律，一双粗糙的大手在空中翩然起舞。《二泉映月》《北京的金山上》《八月桂花遍地香》《牧羊曲》……变幻重复的旋律中，小摊上空的柳枝上，细雨中鹅黄的新芽，变成骄阳下茂盛的绿叶，又化作萧瑟风中金黄的蜻蜓。附近中学里的孩子，走了一茬又来了一茬，他的活儿仍不见多，他拉二胡的兴致却与日俱增。窄而喧嚣的小街，因他的雅趣而增了几分雅意。

我居住的小区花园内，夜色中常见两个男人，一老年一青年。老人是退休工人，青年是小区物业的杂工，谁家装修，他负责运送沙子水泥等材料。老人吹拉弹唱样样都会，青年便常在晚饭后来找老人聊天学艺。犹记得春天的月光下，怒放的紫丁香散着馥郁的芬芳。愉快的低语声，口琴、葫芦丝或手风琴的奏乐声，不时悠扬地响起。两个凡俗男人的雅兴，如丁香花的芬芳，沁人心脾。

人间四月，春花正盛。街心公园里，一群群凡俗的人，练太极，抖空竹，舞长剑，下象棋，吹拉弹唱，各得其乐。

人间的别称，"尘俗"算一个。既是"尘俗"，难免为工作繁忙，为生计劳碌，为喧嚣所扰，为老弱病苦所困。然而尘俗凡人的雅情雅致，雅兴雅趣，即使登不了大雅之堂，也会如路边的草木，应时应季地开出雅气的花来。尘俗小雅，让平凡的人生，多姿多彩，芬芳一路。

肩上的尊严

登泰山前，对于和他们的邂逅，有过诗意的憧憬——黝黑的肌肤，洁白的牙齿，白布褂罩着红背心，肩搭光溜溜的扁担，走之字形路线，因为步步踩实坚持不懈的精神，在陡直山道上负重的他们，总像神仙腾云驾雾般悄悄赶到游人前面。这样的印象，是读过冯骥才先生的文章留下的。

夏日，我艰难地走在泰山的石阶上，当期待的目光终于看到他的背影时，曾经浪漫的遐想顿时被弥散着的山岚濡湿。光着的筋骨扭曲的驼背，破旧的颜色模糊的短裤，磨得走形的廉价布鞋，肩上扛着的担子两端，两个巨大的麻包赫然刺目。他缓缓向上挪移身体的动作，像影视中的慢镜头。等我把他落在后面，扭头看到他痛苦得歪斜的嘴角，泪水一下子涌上来，糊住了眼。

初见挑山工，他肩上的疼迅速塞满了我的心。若不是生活所迫，他会挑着如此沉重的担子走在这陡直的山路上吗？不知能为他做些什么。我甚至生出一个念头，掏尽身上所有的钱递到他手里。可我犹疑着，迟迟没伸出手去。

在中天门附近的平坦地段欣赏风景时，偶一抬头，又看到他，放了担子，靠在巨石边。与他四目相对，我忍住泪笑着招呼："休息呢。"他点点头，也咧开嘴，黝黑的脸上一改刚才痛苦的神情，笑出灿烂的阳光。他的门牙，缺了一颗。细察他的眼神，坦然自若，没有丝毫卑微在里面。我突然惭愧起来，为刚才的怜悯。

继续向上登，似乎把他甩在了后面。等到南天门附近的小卖店前，两个熟悉的巨大麻包放在石头边，却不见他的影子。

登上山顶，尽享了一览众山小的风景，胀痛的腿拖着有气无力的身体下山。再经过南天门，又看到小卖店前的两个麻包，问店主人两个麻包有多重，挑一斤多少钱。店主人答，一百二十多斤，每斤两毛钱。算起来，挑山工在陡直的山路上往返一次，才能挣到二十多元。

下到中天门，回头时，又看到他熟悉的身影。肩上是空空的扁担，迈着轻快的步子。他认出我，又冲我笑。我以为他在山上歇够了才下山，便伸出一个手指，用目光问询他，是不是每天只挑一次。他会意似的伸出手指，是两个。重负攀登，每天往返这样的两次，受得了吗？

他几乎一路小跑着下山。我指着他的背影问一个环卫工人，他们挑这样重的担子，身体会不会受影响。老工人叹口气："每天要挑三次，不困难谁肯这样卖命，累过了，身体还能好得了！"三次！原来他刚才的两个指头，代表着他今天已经挑了两次。

看看脚下的石阶，我虔诚地想，这么高的山，这些数不清的台阶，当初，也是这些挑山的人们，一步一步地挑上来的吧？

又到了平坦地段，遇到几个乞丐，有残疾的青年，有健康的老人，频频伏首，嘴里廉价地吐着好运平安之类的祝福词。眼前又闪现出挑山工肩上的两个巨大麻包。同样为生活所迫，那一百二十多斤的担子上，分明写着两个醒目的大字——"尊严"，用汗水和顽强换来的"尊严"！挑起尊严的肩膀，为天下游人挑出了巍巍泰山一路的风光旖旎。

真诚地祝福——令人敬重的挑山工们，扛起生活尊严的同时，也挑出现世的康安和明天的幸福！

我的热情与橘子无关

　　那日，我们在成都温江的绿道上骑游。绿道边，树叶苍葱，野花明艳，桂花香浓。听着哗哗奏乐的水声，逆着逶迤的河流向前，慢下来的身心在曼妙的时空里轻松起舞。骑行了一段，前面出现了岔路口。下了车，站在路口，心里犯了愁：因为阴天，本就辨不清方向，面对伸向未知方向的左右两条路，这一刻，瞻前顾后，视野里都无骑行的人。哪一条，才是始终依水的正路呢？

　　右面的路边，紧挨岔路口，小小的橘子摊后，安闲地坐着个中年女人。矮小的身材，粗质的衣装，面容古朴而少光泽。发现我注目她，她友善望向我的同时，微笑就在脸上绽开了。

　　"大姐，请问哪条路是沿河向前的绿道呢？"

　　她从小圆凳上起身，站起来迎向我。她走到岔路口，手指向左边的路说："是这一条，一直往前就好。什么时候骑累了，就往回返吧。"她努力放慢语速，想将字句吐清楚，还是盖不住浓重的川音。还好，我们听懂了。

我道谢，她连连摇手："不客气啊妹妹，快上车吧。"女人微笑着往后退，退到摊上的一堆饱满鲜亮的橘子后面，却没有马上坐下，依然笑望着我们。

　　我们骑上车，继续前行，几分钟后，才恍然：绿道人稀，买橘子的自然少，回到摊前不肯马上坐下的她，热情的笑望里应有一种隐隐的期待吧。刚才，应该买几个橘子的。

　　再回头，女人已坐在摊子后面，一脸静静的笑意。我忽然觉得，返回去买橘子的行动，相比她脸上的安宁与恬淡，显得极不自然。

　　继续前行，一路悠然，一路欣喜地发现，很快将问路的事情抛到脑后。几位垂钓的老翁，两个卖栀子花的老妇人，都已是耄耋之年，却因为那份静钓时光的悠闲，因为那浓郁扑鼻的甜香，让我们驻足，叹羡，流连忘返。

　　归路上依然是景美声清，在花和叶浓浓淡淡的气息里感到心神俱爽。又到了那个岔路口，前后又不见骑游的人，竟然又辨不清回归的方向。卖橘子的妇人还坐在那里。这一次，我们径直将车停到她摊子前，却仍然忘记了先买橘子。

　　"大姐，真不好意思，这么一会儿，就忘记哪条路是通向出口的了。"女人比来时更加热情地微笑着，指点着，似乎因为刚才的那一次问路，我们已成了熟识的人。问完路，我赶忙说："给我们称几斤橘子吧。"大姐看看我们车筐里的矿泉水，说出的话出乎我们意料："你们是外地来成都旅游的吧，自行车肯定是在绿道入口处租的，又没带包，这里离城里远，买三两个在绿道中吃完是可以的，若买多了带回去，是累赘，还是别买了……"她那慢声慢调掩不住的浓浓川音，比婉转的鸟鸣更动听，比馥郁的花香更醉人。

　　"我的热情与橘子无关。"我听到了大姐未曾说出的心底妙音。卖橘的大姐，坐在岔口近旁的摊前，不仅是在卖橘子，更是在静享和绿道风景一样美丽的慢时光，就如钓鱼的老翁，卖栀子花的老妇人一样。她在这样的时光里，彰示着人性最质朴本真的热情。这热情，与橘子无关，与利害得失无关。

面对大姐淳善的热情，不由反思：行于人海，处于世间，到底有多少个无意的瞬间，我们好心地亵渎了那一份份自然流露的质朴与本真？

那些凡俗而人性的雨

黄昏，飘起细雨，未到闭园时间，游人便纷纷散去。细雨沾湿的植物园，像水墨涂染的画卷一般，叶更绿花更艳。我擎一把伞，漫步在这烟雨迷蒙的画卷中。伞布上，枝叶间，都有沙沙的雨声在轻轻吟唱。近处的树丛后，传来更清晰的沙沙声。枝叶的缝隙间，一个老妇人的身影在闪动。转过去看，淋在雨中的她，发丝凌乱，黑脸，旧衣，布鞋，一手挥着笤帚，一手拿着簸箕，正低头清理着石径上的垃圾。那清晰的沙沙声，就是这位清洁工阿姨演奏出的乐曲。

"阿姨，下着雨还干活？也没带把伞？"

"这点雨不算什么，每天清理干净回家才安心。"她抬头看我时，迎着斜飞的雨丝，扬起一脸质朴安详的笑容。那清晰的沙沙声，化作洗涤心灵的细密雨丝，在黄昏的细雨中浅吟低唱。

晚上，独自在家，辗转好久才得以入眠，夜半时分，却又被窗外的急雨惊醒。不敢开灯，黑暗里，无边的孤独和恐惧包围着我。虽在五楼，一个人过夜，仍然提心吊胆。我怀疑窗子没有关紧，便悄无声息地摸到窗前，极轻地掀开遮光窗帘去察看。一道亮光在窗下晃动。心提到嗓子眼，屏息静气地望下去。借着小区里昏暗的节能路灯光，看到一个人影，打着伞，走走停停。那道亮光就是从那人手中射出的，是手电筒的光芒。亮光穿透朦胧的路灯光，穿透珠串似的雨帘，穿透每一寸阴暗的角落，在一家一家的车位上，一棵一棵的树影间，一片一片的草丛中，移动着。有一刻，人影移到稍微光亮些的路灯边，伞被风掀偏，浅色的保安服格外显眼。

那一刻，孤独和恐慌潮水般退去，伴着窗外的急雨，心头也落下一场宁静而祥和的雨。保安的承诺是早就知道的：为了保障小区秩序井然、居民平安，他们每隔一小时就会在小区里巡视一圈。只是亲见这冒雨巡夜的一幕，才终觉泰然。

北方连续暴雨后，又一场暴雨从天而至。电闪雷鸣中，在一个偏僻的胡同里，我躲进一个楼门洞避雨。雨瓢泼而下，路上的积水很快变成急流的小河。可是，仍然没有出租车过来载我回家。终于驶来一辆车，是写有某驾校字样的教练车。车在我面前停下，车上坐满人。车门打开，一个女子从座位上下来，向司机师傅道谢。想必她的家，就在路边的楼里了。未等车门关上，我急切地冲车里喊一声："师傅！"司机似乎知道我的窘境，温和地答一声："快上车。"我湿漉漉地坐到空出的座位上。司机师傅又问了句我去哪儿，便专注地看着前面的雨路。他应该是驾校的教练吧！车上的人一个个在离家最近的路边下车，直到住得最远的我下车后，他才驾着教练车返回原路。

雨中的清洁工、保安、驾校教练，不过是这世间再凡俗不过的人。然而就是他们，给一场场凡俗的雨，注入人性的责任和热心。在自然的雨给尘世带来润泽和灾害的同时，一场场人性的雨也降落我们干渴的心底，涤出洁净，刷出平安，淌出温情，催开这人间平实而动人的花朵。

浅情薄意

午后去上班，下电梯走到单元门口，见到住在一楼西门的老太太。她欲出去，却不知如何打开紧闭的单元门。老太太已九十多岁，患有老年痴呆症。她看我走到门边，颤巍巍对我作揖，用含糊的声音恳求："行行好，开开门，我要回家……"听她女儿说过，老人虽神志不清，却知老家在黑龙江，而非晚年寄居的河北。思家念归，是老人每天都有的情绪。午休时，她大概又想起遥远的故乡，便趁女儿未醒，偷偷跑出来了吧？那些走丢的老人，或许就像她这样被一念情绪牵着，向着家的方向"走"，却迷失在茫茫人海。

面对老人的恳求，我没有旋开门框上的按钮开门放她"回家"。我伸出手，拽住她的胳膊，慢慢地扶她走到一楼西门外，轻轻地敲门。敲了一会儿，老太太的女儿开门出来，睡眼惺忪，却感激而抱歉地笑望着我："我刚睡一会儿，我妈就跑出来了，她自己出去，还真是危险。谢谢你啦！耽误你上班了啊，路上慢点！"

平日里，和这家邻居只是碰到说句话，并无过多往来。这一刻，我却担心老太太出门迷失，付出举手之劳将她送回女儿家里。这份儿担心，轻淡如浮云，浅薄如蝉翼。

下午下班时，天上飘起细雨。我站在单位大门外，打着伞等一位朋友。朋友让我帮忙给她读小学的女儿找一套试卷和答案。我找到后，打电话给她，约好下班后在我单位门口给她。一辆汽车缓缓从单位大院开出，在我身边停下。车窗玻璃摇下去，一张年轻靓丽的脸探向我："姐，家住哪儿？我送你回去！"这位美女同事，在单位见过许多次，办公室离得远，竟叫不出名字。"我等个朋友，谢谢哦！"同事的汽车陆续从院内出来，陆续停在我身边，一张张微笑的脸从摇下玻璃的车窗里探向我："坐我车，一起走吧！""下雨，路不好走，我送你回家吧！"……

朋友开车过来，我交付了帮她找的试卷和答案，她连声道谢，知道我没开车，便请我坐上车，将我送回家去。

晚上，手机铃响，是朋友发来的短信："送你回家时忘了对你说，你穿着碎花裙，打着粉红伞，站在雨中，很美！"喜悦着朋友的赞美，幸福着并无深交的同事们为我停车摇下车玻璃的关切，心湖泛起一圈儿甜蜜的涟漪。

我对老人的担心、同事对我的关切、朋友的短信赞美，让我联想起和爱人到一个小店吃饭时的情景。我们都要了担担面。两碗面端上来，却稍有不同。我的面上，点缀着青得耀眼的油菜叶，还撒了一层脆香的炒黄豆；爱人的面上没有油菜叶，覆着一层橘红的切碎的腌胡萝卜。这个小店，以前我们曾去过几次，最近已有半年不"光顾"。第一次去吃担担面，我要求多放几片油菜叶，再撒上一点儿酸辣粉上放的炒黄豆。我和老板娘说，小时候在农村，生活条件差，母亲炒一捧黄豆，脆香脆香的，是美味的零食。爱人则对她说不爱吃油菜，喜欢吃酸腌胡萝卜。小店生意红火，每日熙来攘往，时隔半年，忙碌的老板娘，居然还记得我和爱人吃担担面时各自喜恶的小细节。老板娘对顾客的这份细心，让我心中生出一丝感动，如沐轻风，如闻淡香。

深情厚谊，让人刻骨铭心，可以恩泽一生。我们幼年时就记住这个词语，然而生命的漫漫长路，行走于尘世，多的却是君子之交，萍水相逢，并非时时都能体验到厚谊深情。人际间的浅情薄意，像一抹抹金色的晨光、一丝丝飘逸的细雨、一缕缕清爽的微风、一片片柔美的地丁……凡俗庸常，却能点亮时日，滋润心灵，怡养神思，扮靓生命前行的路程。

一滴水里的花开

华北平原的芍药，五月中就已花事寥寥；五台山的芍药，六月末才一片明艳。山寺里燃烧的红芍药，绚丽得彩霞一般，与净朗的蓝天白云上下呼应，美不可言。

六月末，正值盛夏，是五台山旅游旺季。很多人到这里享清凉，理佛事。灵鹫峰上的菩萨顶，游人如织，香客如云，烟雾缭绕。大雄宝殿前，苍苍古木下，几棵不起眼的"草"，矮小瘦弱，长在古木根部砖砌的池子里。若不是那个驼背老人，这几棵"草"很难引人注意。

那个驼背老人，佝偻着身子，左手拎一个鼓鼓的蛇皮袋，袋口敞开，里面是矿泉水瓶和饮料瓶，右手捏着一个刚从垃圾箱里捡出的矿泉水瓶，瓶子底部是游人未喝光的清水。老人蹒跚地挪到古木下的池子边，停住脚步，左手放下蛇皮袋，拧开右手的水瓶盖，缓缓地将瓶身靠近池子里的"草"，慢慢地把残余的清水倒下去。瓶口的细流很快变成水滴，老人甩甩瓶子，混浊的双眸，慈怜地凝视着涓滴润泽的弱小，像面对自己孙辈的瘦弱孩子。老人把袋里的瓶子一只一只小心地取出，所有的矿泉水

111

瓶，他都向着那几株"草"倒了一遍，甩了一遍。细弱的叶子，鲜亮着，在清风中快乐地颤动。仔细看，那几株"草"，竟是小芙蓉花的幼苗。这个季节，我在的小城，植物园中、寻常百姓的小院里、马路边，小芙蓉的花朵早已开得金黄灿烂。和老人交谈，他说，山上水少，早晚又冷，花草长得慢。不过，花开的时候，都和芍药一样好看。

老人将瓶子一只只装进蛇皮袋，拎着袋子离开池边。望着他沧桑的背影，心中涌动着一滴滴清水的柔情，眼前璀璨着一片小芙蓉的花朵，和山寺盛开的芍药一样明艳。

五台山归来不久，在新浪网看到一个贫困山区小学校长的博客。这位校长自称"行乞校长"，借助网络为学生们"乞求"精神食粮："一本书，哪怕是一本旧书，也可以点亮孩子一生的希望。"他梦想每一个孩子，都能阅读更多的文化启蒙读本；他期待一点点来自远方的阳光，将孩子们的人生之路照亮。置顶的博文中，有几幅山区留守儿童的生活照。照片背景和孩子们的衣衫，只能用"黯淡""破旧""褴褛"等词语形容。最让人心疼的，是稚嫩眼神中流露出的焦渴和迷茫。

一滴水的柔情在心中悄然流淌。我按照国家图书馆正式颁布的小学生基础阅读书目，在当当网选了一部分，照博客上的地址、邮编、电话等信息填好订单。那是一个快递无法抵达的地址，付款一个多月后，已到了暑假开学之时，订单中才出现包裹送达的信息。再点开那位校长的博客，看到他最近发布的博文："通过网络募捐，学校收到超过两万册、价值二十多万元的各类捐赠书籍……目前，还有各地捐赠的书籍源源不断地寄往学校……"

我购自当当网的那些儿童书，多像五台山驼背老人的一滴水。千千万万滴水汇成温暖的细流，注入孩子们干涸的心田，润泽焦渴的眼神，冲尽目光中的迷茫，为成长的人生指引健康的方向。山区留守的孩子们，或许现在是山寺古木下细弱的小芙蓉幼苗，然而，滴水柔情不断汇聚，终会绽放出一片粲然，如六月芍药彩霞般明艳。

取信于一张照片

　　电脑文件夹里有几张照片，碧绿的荷叶、粉嫩的荷花，映衬着年轻女孩儿纯净的笑脸。女孩儿正值最美的年纪，身姿娉婷，笑靥如花。她目光清澈地望着我，友好信任的眼神让我惭愧。

　　照片拍摄于几年前的夏天。荷花盛开的季节，一行人去白洋淀赏荷。到了淀边，组织者请了当地的导游陪同讲解。导游是个体态婀娜的女孩儿，白净清纯的脸庞和含羞带怯的神态，成了初出校门的标签。同行的朋友指着我嘱咐小导游："姑娘，你多给她讲讲啊，她是个作家，这次游玩儿后，说不定有惊人之作呢。"女孩儿微笑点头，腼腆的眼神里满是敬慕。

　　女孩儿始终近距离伴在我身边，讲解得认真细致，动情动听。因为怕忽视同行的人，她坚持用高音，两个小时下来，嗓子都有些沙哑了。因为女孩儿的陪同和讲解，我在乐享接天莲叶和映日荷花美景的同时，更深入地了解了白洋淀的革命历史和文化内涵。讲解的空隙，女孩儿还用我的相机给我拍了许多照片，为我这次出游留下许多美好的瞬间。我被女孩儿的清纯美丽和善解人意打动，见她手中没有相机，就想给她拍几张照片。女孩儿站到绿叶粉荷的背景前，嫣然而笑。她迷人的倩影和清纯的笑脸在我相机里定格成永恒。我要了女孩儿的电话号码和QQ号码，保存在手机里。与那两串号码关联的名字，是"荷花淀美丽导游"。我信誓旦旦地对女孩儿说："我回去后马上与你联系，把照片传给你。"女孩儿连声道谢，满脸满眼，全是信任和感激。

白洋淀归来，我将相机里的照片导入电脑文件夹里。看着小导游的可人照片，曾想过要马上联系她传过去，但因为手头的一些事情，便给自己找了拖延的借口。隔几天，在手机上翻查某个朋友的联系电话，看到"荷花淀美丽导游"几个字，也曾动过马上联系她的念头，却又因为某种借口作罢。总以为某个闲暇的日子，我会专门为这几张照片坐下来，给她电话或短信，加她的QQ，将照片传给她，隔着屏幕遥遥地赞她，成为她值得信赖的朋友。然而，一次次地想起，一次次地拖延，一月过去，半年过去，到如今，几年竟过去了。当我再次打开电脑文件夹，看到小导游的几张照片时，再想联系她，已经没有了任何线索。因为，游白洋淀半年后，手机被偷，"荷花淀美丽导游"的电话号码和QQ号码，成了永远不能破解的密码。

每每翻看电子文件夹，我都特意点开小导游的照片，久久地凝视她，在她清纯而信任的眸子面前惭愧自省。我的失信，一定在初出校门的女孩儿心中留下过失望的阴影！我不在意的借口和拖延，是否在女孩儿清澈的眼神中添了一丝对这世界的怀疑？或许，远方的她，早已将照片的事忘记。然而，这几张照片，却常常提醒我，取信于他人，取信于社会，要从取信于一张照片开始。

后来，我到过许多地方，相机上又留下过一些陌生人的照片。每次，我都要了对方的电话号码和QQ号码，回来后马上联系，将照片传过去。最近，从山西长治市长子县一所农村中学考察归来，整理好一个学生的照片，在 QQ 上添加好友时，因为少打了一个数字，加了另外一个人，当他得知我传照片的事时，为我的认真和守信所感动。我重新添加了那个学生的 QQ，将照片一张张传过去，才松了口气。再次点开"荷花淀美丽导游"的照片，凝视她清纯信任的眼，心上的愧疚便又抽去一缕。

沙里的玫瑰

我家装修，贴地砖和墙砖前，先运进几十袋水泥和满屋的沙。清早，高高大大的贴砖师傅来了，带着个矮瘦的女人。两个人的肌肤，一样的灰黑，是长期与水泥沙子为伴才会有的颜色。

男人先拿卷尺到厨房比量尺寸。女人泡墙砖，筛沙子，和沙灰。很快，盛满沙灰的胶皮盆，泡好的墙砖，抹刀和胶皮锤等工具，都已递到男人身边。男人爱怜地看几眼瘦小的女人，开始贴墙砖。女人吁几口气，倚在墙边看男人。这个过程，几乎没有话语传递，只传递着一份娴熟的默契。

正是酷暑天，贴完半面墙，男人的脸上胳膊上，就都汗涔涔的了，跨栏背心也湿漉漉地贴在背上。女人将洁净的毛巾用清水涮过，拧干，给男人擦脸上和肩臂的汗。手上满是泥灰的男人，扬起宽宽的额让女人擦汗，那神气像个受宠的幸福孩子。擦完了，女人扯一块纸箱，撩起男人的背心，不停地扇。在男人胶皮锤的敲敲打打和切砖的电锯声里，小巧的女人静静地打着下手，细心呵护着高大魁梧的男人。隔一会儿，女人就微笑着命令一声："歇会儿！"男人就听话地站起身子，直直腰，靠在墙上，喝几口女人递过的水，再点燃一支烟。

转眼到了中午。女人拍拍衣服上的沙灰，洗把脸，捋捋头发，拿了旧皮包下楼。女人回来时，手里拎着大大小小的袋子，分别装着烙饼、豆腐丝、香肠、咸菜、啤酒、矿泉水之类。这是中午的餐饮，简单而丰盛。买到这些，女人要走出挺远。在沙子和水泥中间，女人铺上几块纸箱，一袋一袋摆在中间。两个人，席地而坐，吃着饭，说几句话，说双方父母的疾病，说一对儿女的学习，说自家的将来，也说东家西家的日子。牵挂与希望，全在这沙子水泥一样质朴的话语里。吃饱了，女人简单收拾一下，再铺几块纸箱，沙子水泥间，就有了一张洁净的"床"，男人女人，拿纸板当扇子，没扇几下便睡着了。短暂的午休，简陋的毛坯房里，两个人，也许会做一场华美的梦，或许梦到几十里外的村子，他们的几间旧平房，装修得像城里人家一样漂亮。

黄昏，男人女人冲洗一下，脱下脏衣服，换上洁净体面的衣衫，一前一后下了楼。小区外停着一辆面包车，深玫瑰红，虽是二手的，褪了些颜色，却被男人冲洗得很干净。男人还到汽车装饰店里，让人贴了几朵浅粉的玫瑰花。他说过，不能总让她坐在破摩托车上，风里来雨里去地跟他受苦，暂时先买这辆旧车，等将来钱多了，再买辆新车让她坐。也只有这个瘦小的女人最清楚，贴砖是挺伤体力的活，五大三粗的男人，为了她和老人孩子，着急干活挣钱，右肩和膀子早出了问题，胃也常不舒服，汗淋淋地贴一天砖，怕热的他夜里还常失眠，往往过了午夜才能入睡……

褪色的玫瑰红轻快地在晚霞里行驶，几朵浅粉的玫瑰花格外显眼。疲惫的男人女人，都一脸恬淡和惬意，似乎玫瑰红驶去的方向，不是几十里外的乡间旧平房，而是比城里人家还要舒适华美的幸福殿堂。

男人和女人，是我近距离接触的一对民工夫妻，也应该是千百万民工夫妻的代表。他们，每日与沙灰为伴，灰头土脸，艰辛疲惫，却有着沙子水泥一般朴实厚道的情怀。她们的爱，如沙漠里的玫瑰，扎根贫瘠，不惹人注目，绽出的花朵，却是这世上，别样动人的芬芳美丽。

另一种风景

　　骄阳下，没有一丝风，静止的空气被热浪和汗水压得沉甸甸的。小区里，机器的噪声张扬着，躲在有空调的房间里，耳朵里仍被这声音塞得满满的。向楼下望，草坪里一个老伯扶了笨重的剪草机，随着嗡嗡的噪声，绿草上腾起一团团尘雾。他经过之处，一大片无规则疯长的草变成了整齐漂亮的碧毯。望着他灰色的短衫、黝黑的臂膊和脸，我耳朵里的噪声变得绵软起来，心也柔软得如老伯剪靓的那片绿意。类似的镜头清风一样从记忆中闪出。

　　暮春的植物园，夕阳的余晖铺满湖边的小路和一池春水。游人散去，小路上散落着凋零的花瓣和游人弃下的垃圾，碧水在晚风中轻漾，水中漂浮着一层柳絮。园子里静静的，伴着几声鸟语，偶有沙沙的声音。小路上一位衣着朴素的阿姨，拿了扫帚和簸箕，清理着落花和果皮等，神色安宁而认真。那沙沙声就是阿姨奏出的乐曲。离她不远，湖岸上一位矮瘦的青年握着一根长竿，竿子朝下的一头绑着一个网兜，他专注地网捞着湖里的柳絮，充满朝气的脸上，浮着年轻人少有的淡泊。眼前已没有了别的游人，夕照里，淡粉的海棠花和紫红的香槐花依然欢笑着，沙沙声渐远，水波丝丝缕缕地漾开去，小路和湖面恢复了洁净。被清理过的园子如沐浴过一般，美美地睡上一夜，晨曦中醒来，依然是一片容光焕发的美景。如果说满园的春色是一部好看的大片，暮色里的阿姨和青年，以及栽花种草，各尽职责的其他工作人员，就是这片子的导演。

寒冬腊月，滴水成冰。冷风呼啸的街头，他们在忙着装饰节日的彩灯。高高的过街天桥，耸入云霄的柱子，都要安装上细细的灯管。他们脱去厚厚的羽绒服，穿着单薄的工作服，如蜘蛛侠一样，高悬在空中。下面过往车辆的喧嚣与他们无关，灯管一根一根地被装在桥栏上，柱子上，拉牢柱子的一根根铁索上。一天，两天，三天，每每路过那里，都可仰望见他们。春节期间，夜幕降临时，整洁的大街上，彩灯亮起，七色变幻，路上慢行，如入仙境。漫步于节日的灯光下，想起他们，春风提前暖了心头。

……

"你站在桥上看风景，看风景的人在楼上看你。明月装饰了你的窗子，你装饰了别人的梦。"卞之琳的《断章》，让我们眼前的风景更添了蕴藉的诗情：柳如烟，花似锦，水如缎，桥似虹，如画美境中，观景的人也许就成了入梦的一景。然而，我们常常忽视掉他们——剪草的老伯、清扫小路的阿姨、捞柳絮的青年、装彩灯的"蜘蛛侠"们……那些扮靓风景的普通人，是这城市中的另一种风景。若哪一天，在街边一隅与他们邂逅，请做短瞬的停留，用欣赏的眼神，虔敬地将他们摄入心头，如同摄下春花与碧水，以充盈我们平实的日子。

乡思一畦菜

单位大门内，门卫师傅贴墙根儿种了一畦豇豆角。细竹竿上，蔓叶攀爬，葱茏出一片绿锦，很快又有小白花绣上去。白花谢后，细长的嫩豆角从藤叶间探出身来，那姿态，很像身材修长的门卫师傅站在大门外眺望的姿态。孤独守门的师傅，一定时刻怀想着几十里外的乡土田园，牵念着他守望田园的妻子。

师傅闲不住，把小小门卫室收拾得窗明几净，每日打扫单位的大院子。勤劳如此，他故乡的院落，墙内或墙外，一定年年种几畦菜，像许多农家一样。守门的日子宛如一篇漫长的流水账，次第成熟的豇豆角，是一个离乡农人的文字。上弦月是逗号，圆月是句号。逗号句号的变幻间，妻子偶尔来门卫室替换师傅回家。师傅守门孤单，幸好还可以偶尔回乡，亲近土地家园。清晨或黄昏，他站在自家菜畦边，和亲友叙着闲话，霞光给他整个身心，披上一层喜气。

故乡的老院子，篱笆内外的蔬菜，将我的童年生活，葱茏得活色生香。玉米秸围的篱笆充作院墙，东篱外一大片菜园，是父母种的。韭菜、茴香、大蒜、茄子、豆角、青椒、辣椒、西红柿、大白菜……时节变幻，清鲜的蔬菜应时应季赶赴饭桌。西篱内几畦黄瓜，是我和姐姐的责任园。上学之余，学习种菜，点种、浇水、搭架、摘瓜……我们俩还在菜畦周围种上凤仙花、六月菊、大丽花、美人蕉等，给黄瓜架穿上了绣花裙儿。夏秋季的早晨，篱笆上缀满紫红的喇叭花。懵懂年纪，关于土地的神奇、劳动的意义，我最早在蔬菜畦和花间得到启蒙。

一直喜欢"家园"一词。我以为，生在农村，家中有院，院内或院外应时应季葱茏着蔬菜，这样的人，会更深地理解"家园"、眷恋家园，离开家园也会魂牵梦萦。

我十五岁走出故乡的老院子外出求学，一晃就过去三十年。父母姐弟等亲人搬离小村后的十几年，老院子只能葱茏在魂梦里。盛夏六月，难得的机缘，再次走进我家的老院子。父母和弟弟搬离时，我家已是高墙大院，高低十间房子，整洁漂亮得很。多次入我梦境的华美宅院，彩色的木门窗油漆斑驳，在眼前现出沧桑的容颜。倒是院子里的一片蔬菜，长势旺盛，苗壮得很。租房的外乡生意人，也来自农村，种在我家老院子里的蔬菜，葱茏着他们的乡思。站在一片繁茂的记忆里，突然意识到，我再也回不到养育我长大的家园了。

单位两老兄，一精通摄影，一工于书法；又有两姐妹，一文采不凡，一擅长琴艺。四人都来自农村，工作生活的余暇，种菜为乐。先是在城西每人租一分地，四五年的时光，种收之外，翻地施肥间苗拔草等细节，都似地道农人。孩子都已长大，城里小家吃饭者寥寥，种出的菜哪里吃得清，馈赠亲友是寻常事。城西的地不再外租，失去菜地的四人，开着车围着城郊转圈，大半天时间，东西南北找地。那失魂落魄的样子，他们自己都觉得可笑。终于，在城西找到一小块可以种菜的地，皆大欢喜。

那块地，不过是别人弃置的厂区。兄长姐妹赠予我的蔬菜，颜值不高，却纯净清鲜，有故乡的味道。

我把故乡的蔬菜，种在文档里。魂牵梦萦的老宅院，坐落在文字的村庄里，院内院外的蔬菜畦，点缀着各色的花儿，葱茏成一幅永不褪色的油画。故乡的景物人事，都如我少年时。

阳台上的故乡

秋天，在朋友家的阳台上见到一棵枣树。枣树只有一尺多高，比筷子还要瘦的茎上伸出几根纤长的枝，清晰可数的叶串间缀着十几颗珠圆玉润的小枣儿：一颗红透，两颗半红，剩下的还是没长成的绿玛瑙。枣树种在高石几上精致的花盆里，可以毫无遮拦地享受窗外的阳光。阳台，石几，花盆，枝叶和枣儿都一尘不染，阳光在叶和枣儿上留下晶亮的足迹。

林林总总的果树见过百种千种，种在八楼阳台花盆里的枣树，还是第一次见到！而这细细弱弱的一株，居然结了枣儿！在乡野阔土中自由伸枝展叶的枣树，要在城市高楼的方寸阳台上扎根结果儿，需要怎样的耐心和精心！

朋友的故乡在贫瘠的山里，曾经，他的父母在梯田里刨不出儿子的学费，于是种了几百棵枣树。年年岁岁，父亲育枣卖枣，在枣园和几十里外的县城间奔波，长长的山路把腿跑细了摔瘸了，沉重的担子把肩压瘦了累弯了。几百棵山枣，不仅换来一沓沓零零散散的票子让朋友的学费有了着落，也因为父亲的吃苦耐劳给了他不折不挠的拼搏精神。朋友终于在父亲注满希望的苍老眼神中，考入全国闻名的重点大学，走出大山走进城市，实现着自己的人生梦想。然而辛苦几十年的父母，在儿子的日子刚刚好起来，准备接他们到城里安享晚年的时候，却带着过度劳累的伤病双双离去。父母的坟墓，落在山乡的枣园里。朋友置身城市的浮华里，却永远忘不了故乡的枣园，走不出那份未能尽孝的遗憾。

他把那份遗憾化作前进的动力，凭山枣样顽强的精神打拼出自己的天空，却时刻不忘山里的父老乡亲。如今，朋友的故乡依然贫瘠。为帮乡亲推销山枣儿，他四处奔波不停地打电话，被人误以为改行做了枣贩子；山里同学找他借钱看病，他丝毫不考虑还房贷的拮据便慷慨解囊；每每还乡，他都不忘带上母亲爱吃的糕点父亲爱喝的酒去看望村里的老人，都记得买回一捆捆的课外书分给山里的孩子读……

朋友从故乡带回一袋泥土一棵新生的枣树，种在阳台的花盆里精心培育。他时时面对枣树自省，不忘故土，不忘那些血浓于水的父老乡亲。

每个人的心中都有一亩田，种瓜得瓜，种枣得枣。种棵乡心，远在天涯的故园，就扎根在咫尺之外的阳台上。种桃种李种春风，开尽梨花春又来。让我们在自己的心田中，种下感恩与回报，种下善良与美好，当真情的山枣树在八楼阳台上结出果实的时候，此岸暖风吹去，彼岸芳草花开。

眼睛是最美的耳朵

哈尔滨一条小街的一个小店里，他专注地坐着，低头修鞋。顾客大声说话，他没有任何反应。他抬起头时，一双大眼睛盯着顾客的嘴巴。看着顾客的口型，他的嘴唇也轻轻地翕动。他的目光，清澈，干净，温暖，问询中充满期待。面前是一位熟悉他的顾客，与他目光交汇，语速放得很慢。片刻之后，他的眼睛绽出别样的光彩，目光中有花朵盛开，一瓣一瓣，缓缓地在空中舒展。他终于张开嘴巴，和顾客说话。他的眼睛眨动着，目光也如温情的阳光闪闪烁烁。

曾经，因为神经性耳聋，难与这世界沟通，他站在过街天桥上，目光冰冷如霜，满眼的绝望。但他终没勇气跳下去。一个残疾鞋匠教会他修鞋的本领，他开始学着用眼睛倾听，与这世界交流。他用问询与期待的目光，盯着顾客的嘴巴，看人家的口型，嘴唇跟着轻轻翕动，猜测顾客说话的意思。渐渐地，他的目光中，有了人世的温声暖语，抑扬顿挫，有了春天的草美花香，鸟鸣虫唱。他的目光中，自信和希望的种子萌芽滋长。

他希望和煦生动的春天，住进更多人的目光里。于是，行动不便的老人需要修鞋，他主动上门去取，修好后再送回去，他用温情的目光，读懂老人们的苦乐酸甜，再用关切的话语，慰藉老人们的孤独时光。受他的目光感染，老人们的眼里，重现出和风暖阳、蜂飞蝶舞、花木菁菁。他义务培训残疾人学习修鞋技艺，为他们解决食宿问题，许多曾像他一样绝望过的残疾人，目光中细雨如酥，草色遥生，有了"乱花渐欲迷人眼"的幸福憧憬。

若心灵能蘸取自信的希望、温情的关切和博爱，酿一泓甘洌的心泉，被心泉润泽的眼睛，会滋生出暖阳、细雨、绿草、繁花、鸟鸣虫唱、欢声笑语，生动明媚的春天，会住进温暖的目光。眼睛可以成为最美的耳朵。这样的眼睛，与世界对视的每一寸光阴，都会变得靓丽美好，充满生机。

第四辑　细节之光

大气之花，往往绽于琐细；细节之光，折射出的是大器的辉煌。

细节中的修行

　　早春的清晨，我到乡村小学听课。校园里已停暖几天，尽管我穿了冬日的棉衣，坐到视频教室的铁凳上，冰凉的寒气还是袭遍了全身。

　　娇巧的女教师，眼睛明亮，笑容清澈。她温声细语地指挥，孩子们有序地进入视频教室坐好。距上课只剩下两分钟。她笑望了我一眼，迅速出了教室。很快，她又跑回来，怀里抱着个厚厚的棉坐垫儿。棉垫儿紫红，洁净，与她身上湖蓝的羽绒服相映衬，在晨光下格外鲜艳。她微笑着把椅垫儿塞给我，气喘吁吁地走到讲台上。美妙的上课铃声响起来。我坐在柔软的椅垫儿上，望着她明亮的眼睛和清澈的笑容，听着她和孩子们平等和谐的对话交流，感官和心灵，都无比温暖。

　　课后得知，她是本地非常优秀的语文教师，因为要参加县级和地市级的两个比赛，压力很大，前一晚没休息好。她一定非常疲惫，然而，她的眉目神情和细微之举，传递出的却是纯净、美丽、善良、阳光。

　　回到家，这细节的暖流依旧在心中流淌。我认真编辑了一条手机短信："亲爱的，谢谢你的椅垫儿带给我的温暖和感动！通过听课和交流，觉得你热情敬业，极富亲和力和创新意识，这都难能可贵，做你的学生定是幸福的！然而，即使我们再优秀，人外有人，天外有天，也不可能在所有的范围内永为翘楚，所以，无论什么层次的比赛，尽力而为，展示出自己的精彩就足够了。参与的过程，也是进步和成长的过程，希望你放下包袱，怀一颗平常心，轻松自信地迎接挑战！希望你带给别人幸福的同时，自己首先是幸福快乐的！"

我反复斟酌后，将短信发送出。

两天前，一位乡村男教师，也给我发过一条长长的短信。"王老师，您好！今天收到您寄来的书，高兴万分，没想到您如此用心待人，也许这就是您的风格吧！通过这次竞聘有幸认识您，您的点点滴滴，不管是知识底蕴，还是人生态度，都使我受益匪浅。在这嘈杂的生活中、物欲横流的浪潮里，能偶遇您这盏路灯，无比温暖，不是每扇窗口都有阳光普照，但我却在这乍暖还寒的初春中，感受到了阳光满窗。在此，衷心地谢谢您！"

发来短信的他，是个帅气文雅的小伙子，曾十几年坚守在乡村代课教师的岗位上。市里要组织转岗竞聘，为一部分代课教师解决编制问题。他被同事领到我办公室那天，是腊月末，我刚休完丧假上班。镜子里的我，泪痕未干，形容憔悴，无精打采。第一次见面，他有些腼腆，一脸的茫然。因为四五十人竞聘，最终只取前二十名。教学能力展示，是极重要的一环。他担心自己聘不上，便托人找我辅导。我给他讲了如何备课，如何说课，如何在教学过程中体现新课程理念，整整半天下来，本来就哭哑了的嗓子，发声都困难了。

春节的鞭炮声中，心底的悲伤还未散去，我帮他修改从邮箱发来的说课稿，从整体设计到字句、标点、格式等细节，都认真推敲一遍，修改之处用红色字体标出，再给他发回，并打电话给他指点。春节假期结束，他又几次到我办公室模拟面试，忙碌的我，每次都尽量不厌其烦。

他终以优异的成绩脱颖而出，转为编制内的正式教师，从此，可以晋职称，涨工资……他感激不尽，执意请我吃饭。"结婚这么多年，工资只有一千零四十，父母不能苦，孩子不能苦，只能苦自己……"听着他的诉说，想着他的坚守和进步，我感动着，也心疼着。我网购了几本书寄给他，有他儿子读的童话，有他读的教学和培养孩子方面的书，还有我新出版的散文集。

　　收到书后，他给我发回了上面那条珍贵的短信。

　　原来这细枝末节的付出，能改变一个人甚或一个家庭的命运，而我们付出的同时，收到的，不仅仅是感恩，还有人性的美好与人生的幸福。

　　爱出者爱返，福往者福来。生命中的无数个瞬间，短之又短，然而在瞬间的细节里，我们却可以完成人性中最美的修行。那些小善，那些感恩，那些人性纯真的温暖，被我们如向佛般感知学习，内化于心，又外化于言行。如此修行，让世间的阳光，与天上的阳光同辉。

细节之光

　　二○一三年四月二十八日晚，成都娇子音乐厅内坐满了观众，其中有四五岁的儿童，有白发苍苍的老者，还有行动不便的孕妇。八点整，放有巨大三角钢琴的舞台一侧，一袭黑衣的他从敞开的门内走出，身材颀长，俊朗飘逸。掌声如潮涌起。他快步走到舞台边，面向观众，双脚并稳，双手规矩地垂在身子两侧，虽然背已微驼，仍努力做出"立直"的姿态，然后，恭敬低头，深鞠一躬。他转身向琴，几步行走的瞬间，稳健中透着谦和与自信。

　　他端坐键前，舒展双手，十指开始在琴键上舞蹈。一片悠扬迷人的乐韵琴声，流水一样淌出，花香一般弥散，月光似的洒满了整个音乐厅。

　　坐在第一排中间的孩子，张着嘴巴，目光追随着键盘上翻飞的十指；侧面座位上的一位老妇人，微眯着眼，半仰着脸，额头的皱纹舒展开来；老妇人前面的准妈妈，伴着空中流转的旋律，右手在高高隆起的肚子上轻轻地抚，柔柔地拍，腹中的胎儿，也感受到这润泽生命的琴声了吧？

　　旋律转急，他的脸，颤得厉害。这张依旧庄严凝肃的脸，皮肉已经很松弛了。毕竟，他已是七十九岁高龄的老人。然而，他舞台上的一招一式，依然保持着青壮年时代的俊逸风姿。每弹完一部分，他都谦和地起身，走到舞台边，双脚并稳，"立直"身子，双手垂贴在裤边，面目柔和地对着观众，低首深躬，然后走向舞台一侧的门内。稍后，再出来，恭敬致意，再开始弹奏。

有一刻，他刚端坐琴边，舒展开双手，准备弹奏时，一位观众相机的闪光灯亮了。他伸向琴键的手停下了，又垂在了身子两侧，同时，脸作了九十度转向，面对着观众，一秒，两秒，十秒，足足有两三分钟。他说："这样，方便大家拍照吧。"座上一位大姐说，属于他的时间，不是很多了。所以，热情的粉丝们，想留下他与大家共度的每个瞬间。他用配合大家拍照的小动作，诠释着尊重和理解。

夏初的成都，气温已达三十多度。整整两个小时的全力以赴，运指如飞，汗水或许早已悄然湿透老人的衣裳。音乐厅内灯光黯然，看不清他脸上密布的汗珠。然而，只有一次，一定是汗水模糊了他望向琴键的眼睛，两个乐段的间歇，他才掏出手绢，快速而不失文雅地轻拭面庞。

节目单上的曲子弹完，老人深躬致谢走向后台。掌声滚滚如雷，经久不息。在这掌声中，老人一次又一次从侧门内走出，深躬，致谢，加奏乐曲，直到观众再不忍心让这疲累至极的老人出来。其间，一个小女孩儿上台献花，老人接了花，俯下微驼的背，肩和小女孩儿的肩平齐，像个慈和的爷爷。

此次演出原定于四月二十七日，四月二十日雅安地震，成都震感颇为强烈。主办方问他能否照常演出，他的回答肯定而坚定。当得知这一天定为全国哀悼日时，他主动提出延期一天演出，以表示对死难同胞的深切缅怀。

这样的一个个瞬间，不由得让人想起关乎他的更多细节。二〇〇七年的香港大会堂内，他举行独奏会。依旧是聚精会神，依旧是扣人心弦的超水平演出，依旧是完美无疵，依旧是谦恭有礼，只是当时，没人注意他稍显迟缓的行动，没有人知道之前几天，他在成都机场摔了一跤，断裂了两根肋骨，没人知道热汗渗透了捆绑在他身上的医疗背心，没人知道他戴着护甲带着伤坚持练琴，忍着剧痛来港演出，为了承诺和信誉。

"先为人，次为艺术家，再为音乐家，终为钢琴家。"这是父亲生前在写给他的家书中反复强调的教子信条。父亲傅雷多年前播下的种子，在他于千千万万细节的努力下，早已开花结果——他，声名享誉海内外的傅聪，早已如父所愿，成为一个德艺具备、人格卓越的艺术家！

大气之花，往往绽于琐细；细节之光，折射出的是大器的辉煌。

小善淡香

那日下班时，淅淅沥沥地下起雨。爱人开车到单位接我。我顾不上看一眼停在院里的电动车，急匆匆钻进他车内。回到家，才想起电瓶车没有用塑料布罩上。望着窗外的雨，隐隐地担心着。因为电瓶车长时间在雨中淋，有可能造成短路。家离单位远，懒得再回去。好在雨下得不大，过了一会儿便停下来。

第二天，爱人开车送我到单位。门卫师傅见我没骑车，咧着嘴笑问："院里的电动车是你的吧？昨天下班后我到院里转，见有辆电动车淋在雨里，就找了个塑料袋罩上了，你看看电路有没有出问题。"抬眼看院里自己的车，电瓶上罩着个大大的塑料袋，为防袋子被风吹跑，上面还压了块洁净的方砖。我插了钥匙试电，车完好如昨。向师傅道谢，师傅摆手："谢什么，抬一抬手的小事。"心底涌出一线暖流，冲走了暮春雨后的缕缕微寒。花园里的江南槐紫花初绽，有淡淡的香气飘出来。我置身这淡香里，感动着门卫师傅的小善，微微地有些醉。紫槐花一样的小细节，从记忆里一朵朵绽出来，散着丝丝缕缕幽微的淡香。

初夏，窗外，牡丹花开，色艳香浓；苦菜花也盛开着，阳光下，金黄耀眼，一片一片铺满了草地。掐一朵闻，也有一丝浅浅的香气。窗内，台上讲者声调铿锵，滔滔不绝；台下听众满座寂然，聚精会神。随着时间的推移，讲者清朗的声音，渐渐变得有些浑浊。忽然，台下站起一个年轻的女孩儿，迈着轻盈的步子飘向主席台。当她默默地将一瓶"农夫山泉"递到讲者手中时，全场几百个听众，才注意到讲者的面前没有水杯。女孩儿轻盈地往回走，脸上浮着的一抹微笑，像一抹淡香，让人心清气爽。

仲夏夜，地面依旧暑气蒸腾。路边高大的合欢树收拢她层层簇簇的粉色伞花，依然有清甜的香气，偶尔从树叶间漏下来。马路边躺着一个醉酒的汉子。三三两两在外纳凉的人走过去，对他视而不见。一个满脸书卷气的瘦小男人停下来，吃力地将醉酒的汉子扶坐起来，拖到人行道上。他询问汉子家里人的电话，汉子醉眼迷离，说不出一句话。他又摸摸汉子的裤袋，嘴里说着："老弟，对不起了，我得找找你的手机，帮你想想办法。"汉子身上，居然没有手机，或许是醉酒后落到什么地方了。看着醉得不省人事的汉子，他别无办法，拨通了医院的急救电话。直到吃力地帮着把汉子抬上担架，抬上 120 急救车，目送车子朝医院的方向远去，他才转身离开。

……

心忧天下，自是大爱无疆；举手之劳，小善亦可传情。大爱如雍容的牡丹，国色天香；小善如寻常的花朵，淡香怡人。"勿以善小而不为。"凡俗世间，若从小善者如流，和谐之溪聚积，便可汇成河，汇成江海。小善的淡香，盈满整个世界，和谐的芬芳，定会令人迷醉。

别急着上山顶

明代文学家袁宏道在《西湖游记》中写，春日西湖，湖光翠绿之美，山岚设色之妙，都在朝日初升，夕阳未下时才最浓艳。清朗月夜，花的姿态，柳的柔情，山的颜色，水的意味，更是别有情韵。而这种乐趣，只有山中和尚与识趣的游客可享，因俗人游湖，大多在上午十一时至下午五时之间。现代人涉足名山胜水者无数，熙熙攘攘，却还在演绎古人的流俗。

夏日炎炎，听说地处太行山和燕山山脉交汇处的百里峡是清凉的好去处，便随一行人同游。进了景区大门，奇峰峭壁扑面而来，芳草绿树，净美如丽人初浴，幽泉清清，潺潺成韵，顿觉气爽神清。顾不得流连美景，追赶着上山的队伍，沿着缓坡，大踏步上山。

很快，来到天梯栈道前。看说明，栈道由上下两千八百四十二级台阶组成，蜿蜒曲折，穿行于峻山绿树之间，木质台阶上还记录着公元前八四一年至公元二〇〇一年的重要历史事件，既能健身，又可益智。来不及看第一级台阶所记之事，双脚已在陡直的木梯上。心想着"无限风光在险峰"，目光掠过明艳的野花和清丽的树影，不肯放慢登山的脚步。腿酸气喘之时，看一眼面前的台阶，记着"三八三年，淝水之战，晋大破秦军"。凭时间估测，距山顶还有一段路程，同游者都顽强向上，哪顾得舒几口气，平静一下剧跳的心？栈道边，有亭翼然，遥想杜甫"会当凌绝顶，一览众山小"的壮志豪情，也不屑停留，愈发艰难地攀登。似乎再攀不动一步，低头看，"五三二年，梁画家谢赫在此后撰《古画品录》"。喘息片刻，再往上挨，终于见到山顶。

山顶却是曝于强光下的一个平台，很窄。登上平台的人越来越多，巴掌大的山顶很快密不透风。目光穿过汗落如雨的游人，放眼望远，"不畏浮云遮望眼，只缘身在最高层"的喜悦因疲惫和拥挤而大打了折扣。

沿另一面梯下山，体力已耗去大半，腿脚早不听使唤。浓密的树荫，婉转的鸟鸣，嬉戏的猴子，依然是浮光掠影，更无暇回首追溯阶上的历史，只盼下到缓坡上休息。下了天梯，回首最后一级记的"二〇〇一年申奥成功"，才开始遗憾：因为急着登顶，拼尽体力与毅力，疏忽了绝壁万仞，怪石嶙峋，峰峦滴翠，繁花似锦。若能重走一回，一定适时停一停，保存体力，饱览风光，细听鸟鸣，追溯厚重的历史，记下这人世的妙景。

人生如登山，许多时候，我们为着一个尚不清楚的目标，不考虑自己的志趣精力，攀着狭窄而陡峭的"天梯"急急地"登顶"，弄得精疲力竭才知忽略了路上的美景，没有享受"登山"的过程。就如明人游西湖，由于从众心理，只图个喧嚣热闹，终与朝雾夕岚，月夜胜景失之交臂。人生路上，行到水穷处，不妨坐看闲云起。适时停一停，思索目标，亲近风景，调整身心，积蓄力量。别急着上山顶，是一种休息，一种勇气，一种超然，也是一种智慧。

心轻在天堂

见过一池瘦瘦的莲。或许寒冬受了冻，或许染了什么毛病，还是仲夏，莲叶已残败不堪。茎细无力，以致撑不起薄而瘦的荷叶。近水的叶弱不禁风，伏在水面的叶像病恹恹的浮萍。箭矢般射落的冰雹，使本就疏落的瘦叶，变得千疮百孔。秋日尚远，池里已有"留得残荷听雨声"的萧瑟和凄楚。花也是瘦的，却开得鲜妍动人。花瓣的粉红与嫩白，花蕊的娇黄与明艳，莲蓬的淡绿与清丽，诠释着"可远观而不可亵玩"的高洁与庄重。病莲也有动人的花，何况丰满健康的人生？迷醉于这样的一池，心念轻盈，若栖落莲花上的一只蜻蜓。

雨后的植物园，小山坡上的木槿花开得正盛。很想沿着坡上的小径，亲近满坡的淡紫与纯白。站在坡下，却迟疑了。窄窄的石径上，几只小蜗牛正悠闲地散步，柔软的身子拖着沉重的甲壳，极其缓慢地在青石上移动。还有几只被人踩碎的蜗牛，它们小小的美丽轮廓已不复存在，像一个一个代表终结的句号。几次欲抬起的脚定在那里，除了怜惜，还有对这些小生命的虔敬。小小的园子里，不知多少蜗牛一样的小生命半路夭亡，可它们还是雨后春笋般冒出来，将这园子点缀得生意盎然。终于，我转了身，走到游人稠密的路上。脚步放得不能再轻，低头的次数也多了，怕伤着绽放于脚下的小生命，心也随步子变得很轻很轻。

思念是心上悬着的风铃，常被触碰，重复一首牵挂的曲子。工作与生活的间隙，坐卧难安，神思不宁。岁月里前行的心，因此而加了重量。选一个晴朗的周末，暂放下手边的琐碎，回到久别的家中。陪父母聊聊天，帮他们洗洗碗，在温暖的唠叨与嗔怪声中，心情似一泓潺潺的溪水，轻灵澄澈，幸福欢畅。

与朋友误会，难免心情多云，郁郁寡欢。静思己过，原来，让人烦恼的不过是些鸡毛蒜皮，只需多一点宽容与真诚，示以真心，致以歉意，相视一笑泯恩仇，释然的一刻，阳光驱散阴云，心灵变成明亮的阳光，可以在空中轻舞飞扬。

陌生人有难，擦肩而过的漠然会在心中郁结，他日回首的愧意，雨湿海绵一般让心下沉，悔意也可扰得人寝食难安，夜不成眠。能力所及的范围，不如真情相助，或许只需片刻的停留，只需举手之劳，只需一个温情的微笑，一句慰藉的话语，便能为人指点迷津，排忧解难。热情的心灵如风中盛放的花朵，暗香浮动，萦人心间，让这世界多一份芬芳和美好。

埃及的古老传说中，每个人死后的心脏，都要被快乐女神的丈夫拿去称量。如果一个人是快乐的，心的分量就很轻，女神的丈夫就引导那有着羽毛般轻盈的心的灵魂飞往天堂。心轻上天堂，传说中，那是死后的事情。毕淑敏老师说："我不希图来世的天堂，只期待今生今世此时此刻，朝着愉悦和幸福的方向前进。"在今生的路上，为一池瘦荷感动，为几只蜗牛让路，常回家看看父母，与朋友和谐相处，给世间一份感动，淡泊名利，远离罪恶与伤害，心轻如羽，我们行走的凡尘俗世，鸟语花香，和谐明媚，不就是幸福的天堂？

谁在乎纤柔的悲悯

　　横七竖八的手电筒光束照亮弯月下的树林。哀婉的蝉声从枝叶间漏下。高枝上凄凄唱着的蝉儿，似乎在为刚爬上树干的同伴惋惜。盛夏的晚上，每天都有一些人在树林里捉蝉蛹。蝉蛹含有丰富的蛋白质和多种氨基酸，营养和药用价值很高。在黑暗的泥土中潜伏了几年的小东西，黄昏时迫不及待地钻出地面，凭着生存本能抓住距自己最近的树干，开始一毫一厘地向上攀爬。它们怀着饱满的憧憬，期待竭尽全力地"破茧而出"，期待明天升起的朝阳，期待生命最后一季的歌唱和爱情。然而许多蝉蛹的期待，夭折在雪亮的手电筒光束里。

　　朋友晚饭后散步，见到许多人在树林里捉蝉蛹，竟也钻进树林，借着别人的手电筒光，专注而迅速地寻找。寻过几棵树干，他终于将第一只蝉蛹捉到手里。可怜的小东西，慌乱地在他手中挣扎，完全不能预知自己的命运。

　　一棵树，又一棵树……在交相晃动着的手电筒光束之上，弯月在树梢轻移着位置。那一晚，没带手电筒的朋友，居然寻到了五只蝉蛹。朋友的大手将它们带回家，轻放到纱窗上。几只蝉蛹面对夜色爬动一会儿，便静静地伏在窗前。窗下，坐在电脑前的朋友，在键盘上敲打一会儿，就将目光移向纱窗。不知过了多久，他的目光再次移至纱窗上，一只蝉蛹的背部裂开了一道缝儿！朋友站起身，目不转睛地凝视窗上的小东西。那道缝儿越裂越大，鼓出嫩嫩的背脊，浅淡的黄褐衬托着一抹儿淡绿。背脊鼓出来，头部鼓出来，大半个身子已经鼓了出来！裂缝之上，柔软的蝉身努力挣扎，慢慢挣脱纱窗上的蝉蜕，背脊上的淡绿神奇地舒展，变成两只翻卷着的蝉翼！当柔软的蝉身和淡绿的蝉翼完全展开，一只美丽而崭新的蝉便在蝉蜕之上鲜活起来！从蝉蛹到蝉的蜕变，整整经过了两个多小时。继而，蝉身和蝉翼的颜色逐渐变深。蝉身和蝉翼的根部变成黑色时，新生的蝉在窗上扑了几下翅膀，在屋内飞了起来！此刻，朋友的屋内已诞生了五只新生的蝉。他欣喜地注视着这一个个"破茧而出"的新生儿，像注视着自己在键盘上敲打出的得意作品！随着扑翅膀的声音，朋友的窗内有了响亮的蝉声！

　　窗外的黑暗已变成鱼肚白，一夜没睡的朋友，心也随蝉完成了又一次蜕变。新生的蝉身子和翅膀已经有了可以高飞的硬度，朋友的心却依然柔软。他打开房门，将这几个新生儿一只一只放飞。五只蝉，向着树梢，向着自由，振翅而去。纱窗上的几只蝉蜕，被朋友移至葱茏的文竹上，翠绿的枝叶，衬着褐色的蝉蜕，别有一番生趣。

　　朋友是位年轻的作家，许多次，读他的作品，叹服他文字的美丽。原来，比他的文字更美丽的，是一颗柔软而悲悯的心。

　　"二十文章惊海内"的中国文化大师李叔同，常去高徒丰子恺家做客，且总喜欢坐在丰子恺家里那把旧藤椅上，然而每一次坐前总是先摇动一下那把年老失修的藤椅，好让藤椅里生出的小虫子在他坐下前平安走开。

　　清晨，退潮的海边，满是没来得及回到海中的鱼。一个男孩捡起一条又一条鱼，用力扔回海水里去。有人问他，这么多鱼，你救也救不完，谁会在乎呢？男孩手上不停，把一条鱼扔到海中，说，这条小鱼在乎。他又扔回去一条，说，这条小鱼在乎。

谁会在乎那些纤柔的悲悯？小鱼在乎，小虫在乎，小蝉在乎……我们身处的这个世界在乎！因为悲悯，草长莺飞，天蓝云白；因为悲悯，生命多姿，生活多彩。

给人生加一道花的篱笆

盛夏，全家去吉林省大山深处，迷了几次路才找到一个小村庄。那是八十多岁的老公公阔别多年的故乡。村外公路狭窄，一家又一家石头加工场白烟升腾、机器轰鸣。村里房屋低矮，住户稀疏，才下过雨，蜿蜒的土路泥泞。村中只有一户远房亲戚，亲戚家两个男人，老父亲几年前出了车祸，行动依靠拐杖；壮年的儿子新近被石头砸伤脚，走路一瘸一拐。

落脚村中，回想高速上驱车进入东北境内，一路天蓝云白，植被茂密的群山绵延起伏，线条优美的绿意润泽无边，强烈的反差冲淡了心中的亢奋。

东北归来，却常常记起那个小村，因为一张模样模糊的笑脸，一道鲜花盛开的篱笆。笑脸是亲戚邻居的。瞬间一瞥，匆匆交谈，加上初见的腼腆，没细辨他的眉眼。他家院落并不宽敞，院子东、西是别家的石墙。院子北面，繁花似锦的各色六月菊，密密麻麻，交织成两道五彩缤纷的花篱笆；两道花篱间，藤条弯成的月亮门，缠绕着凌霄的绿叶红喇叭；月亮门向外的路两边，妖娆着数不清的粉紫大丽花。繁枝茂叶的绿背景，烘托出成千上万朵绚丽的花。主人大概常浇水喷洗，所有的花，都清丽明净，如刚沐浴过的婀娜女子。

邂逅这么多美艳动人的花，我欣喜地驻足，看不够，就用手机拍。一张笑脸从月亮门里迎出来，朴素的、热情又亲切的笑脸。迎出来的是个五六十岁，中等身材的男人。

"你们是远道来的吧，去老钱家？"他望着前面老公公的背影，指着近旁一户人家。

我的心全在花上："这么多花儿，太漂亮啦！全是您养的？"

"是啊，每年都养，习惯了。花儿也一年比一年好看。要是喜欢，走的时候拣大朵的，摘些带回去。"男人语调不高，温和的声音里透着欣喜。他含笑看花的眼神，像是在看自己的一群美丽的女儿。

从亲戚家出来，我又驻足流连天然篱笆上的花。男人还站在月亮门外，依旧一张朴素的笑脸相迎："看哪朵好看，尽管摘，回去插花瓶里，也能开几天。"

我没带走一朵花儿，那绚丽缤纷的花篱笆，却洋溢着美丽温善的芬芳，在我记忆里扎了根。这花的篱笆，总让我默诵起陶渊明"采菊东篱下，悠然见南山"，联想到老舍"青松作衫，白桦为裙，还穿着绣花鞋……"虽生活在石粉包围的僻远山村，因为这鲜花盛开的明媚篱笆，男人平凡的日子和生命，一定不缺少希望和滋味儿。

归路上，我们绕道丹东，坐船游鸭绿江。在中朝交界的水域，皮肤黝黑的朝鲜老乡驾简陋的小船靠近游艇，售卖烟酒等物品。交易结束，朝鲜老乡望着游客们，指指自己的嘴和肚子。导游解释，他饿了，哪位游客有吃的喝的，可以送他一点儿。游艇上很快伸出两只纤细白嫩的手，那是一双年轻女子的手，左手一袋煎饼，右手两只鸡蛋。女子的身姿和脸庞隐在人丛中，却不妨碍她那双送出关切的手定格成永恒的镜头。

这女子关切之手送出的善意，宛如大山深处鲜花的篱笆。鲜花的篱笆，又与一段视频关联起来。那是几年前一个文艺节目的片段，至今还在被人们转载。拾荒歌者幼小丧父，少年外出打工，因贫穷和知识贫乏找不到正式工作，除了打零工，更多是在城市的垃圾桶前翻找生活。常夜宿街头的他，到中年还未成家，甚至不知自己确切的年龄。他却一直热爱读书和唱歌，热心照顾朋友的家人。"我一直相信，世界上有很多美丽的东西，我也想成为其中一部分。"他干净的眼神、纯粹的歌声和绚烂的梦想，编织出的也是一道花的篱笆。我们无法洞悉拾荒歌者的人生，在视频里邂逅，却被他的善良和执着感染，一下子沉静下来，对世界多了敬畏之心。

白驹过隙，忙忙碌碌间，除了至亲好友，我们很难走进更多人生命的院落，也难以邀请更多人走进我们生命的居所。然而，作为世间众生，我们却可以美好的情趣、温暖的善意，以热爱和执着等，为生命加一道花的篱笆，让路过我们生命的人，分享一片明丽，一缕馨心香。

看霞的心境

秋日黎明，太阳还在睡，我已开始了大巴车上的颠簸。旅途漫长，隆隆的车声，让人陡增几分无聊的情绪。车行原野，感觉到一片色彩的召唤，望向窗外，东面的天空，丹霞尽染，恣肆写意，奇谲变幻，罩着沃土上即将成熟的葱葱茏茏，惹得人惊叹：好一场造化的精彩表演！

目光再不肯移开，先前的无聊，被天边的彩云点燃，化作车后的一片烟尘，瞬息无了影踪。与朝霞的邂逅，让接下来的旅途，耽于窗外的美丽而激动不已。心灵，在这份美丽和激动中，变得平和安宁，欢欣如流。

同行的乘客，有的恹恹而睡，有的埋头拨弄手机，竟懒得与我共享这视而可得的曼妙之景与愉悦之情。很庆幸，自己尚有这份看霞的心境。

那天的目的地，本是让人紧张不安的考场，因为邂逅朝霞的美丽，人近中年的考试，变得波澜不惊，顺风顺水。本来，做了充分的准备，又畏惧什么呢？虽是流年渐改，韶华不再，然而青涩褪去，成熟的深刻与丰硕，难道不是更厚重的资本？天边的早霞，日日不同，每天都是新生，每天都是消逝，霞的生命，短成日出前后的几个瞬息，她们却永远热情如火，灿烂动人。漫漫人生，可览朝霞几万次，人比云霞，可谓长久，能否如霞，生得绚烂，逝得坦然，让生命旅途永如霞一般绚美动人？

川端康成说："美丽是邂逅所得。"那些可以邂逅的美丽，充盈于身边的世界，转瞬回眸即得，是一片朝霞，一缕流沙，一株弱草，一朵野花，一夜虫唱，一声鸟鸣……然而，邂逅美丽，需要拥有看霞的心境。

看霞的心境，是风起云涌时的从容淡定，是激流险滩边的宁静安然，是登峰造极后的虚怀若谷，是跌宕起伏间的宠辱不惊，是被苏轼诠释得淋漓尽致的旷达闲适。

苏轼被贬黄州，应有的抑郁常人可想，而他于繁忙政务之余，春游兰溪，细赏兰芽细流的清鲜动人，明察松间沙路的洁净出尘，由溪水西流，悟到人生至老，却可拥有年少的心态，老当益壮，积极进取，不为岁月的流逝伤悲，留下"谁道人生无再少？门前流水尚能西！休将白发唱黄鸡"的警人至理。苏轼一生，仕途坎坷，多次被贬。生性旷达的他，却总能随遇而安，于人生低谷作出一番政绩的同时，闲适自得，拥有让人钦羡的心境，挥毫泼墨，诗文倾情，在中国文化史上演绎千年不朽的美丽，给人启示引人哲思。

我们，能否每一天，每一刻，都拥有看霞的心境，快乐地赴一场场邂逅之约，不与美丽失之交臂？

白发生黑丝

几年前一个星期天，我坐在卧室窗前。窗外雨打黄叶，秋意萧疏。镜中，乌亮柔顺的长发丛中，突现一根刺眼的白发。心空飘下一线寒凉的雨，心湖溅起感伤的涟漪。令人艳羡让我自豪的一头黑发，为何这么快就染上一丝萧索的秋意！

这根白发为谁而生？是为我的女儿，还是为我的父母，抑或为我的学生，也许为了锲而不舍的文字梦？

记忆中浮起几个清晰的镜头，照亮四季的夜晚。

春寒料峭之夜，女儿在灯下学习。给她送一杯温热的水，为她披一件暖和的衣，陪她解一道繁难的题，拉她做一次放松身心的短暂休息。直到她微笑入梦，替她掖好被子，盘算好明天的早餐，才安然回到自己的房间。

冬雪簌簌之夜，温暖的特护病房，瘦弱的父亲一脸的萧瑟。因大面积心梗，父亲第二天要做心脏搭桥手术。他自觉生死未卜，少不得凄惘和忧惧。医院规定只能定时探视，夜里不让陪床。满心的怜惜，更怕手术后再也见不到父亲，恳求病房的值班管理，好说歹说才得到允许，我可以留在病房边的谈话间里。那个不眠的长夜，我枯坐在硬邦邦的椅子上，默默祈祷，静听病房内的动静，苦思如何鼓励父亲微笑着进入手术室。第二天清早出去买饭，才知雪花飘了一夜。

盛夏酷暑之夜，学校附近的一个小院里，我站在对峙的两群家长中间。两个男生，放学时因一点小矛盾动了手脚，其中一个受了皮外伤。两个孩子都是家中娇惯的独子，双方家长都被惊动。受伤的男生父母觉得孩子吃了天大的亏，带上一帮亲朋堵到另一个男生家的小院里。打伤人的男生家长也不示弱，电话叫来一帮亲朋。剑拔弩张的时刻，给我报信的学生带我赶到小院里。众目睽睽下，从了解原因到化解矛盾，我心惊肉跳站了一个多小时，直说得口干舌燥。

秋风送爽之夜，墨香袭人的书房里，我在电脑屏幕前写一篇生活随笔。灵感稍纵即逝，及时捕捉敲打成文，不觉忽略了时间的流逝。不知何时，一家家窗口的灯光次第熄灭，只有我的灯光呼应着天上的月明。

年年四季，有多少个琐碎、担忧、费心、劳神的夜晚？又有多少个忙忙碌碌或者心绪不宁的白天？这根白发，是哪一夜或哪一天褪去了乌亮的本色？

发现白发的那个星期天，女儿来到窗前，温柔的小手抚摩着我的长发。"妈妈，一根白头发！"稚嫩的声音，惊讶中透着关切。转回头，眼前是女儿健康可爱的脸庞，她的个子，似乎又长高一些。女儿的手指从头顶滑向发尖，感伤随着她小手的移动悄然褪去。我由聪明懂事的女儿，想到恢复健康的父亲，想到满天下的芬芳桃李，想到报刊书籍中如花绽放的文字，白发的感伤渐渐幻化成欢喜。这根白发，若为这些欢喜而生，便是一道照亮寒夜的暖阳。

那是我生命中的第一根白发，被女儿小心翼翼地拔掉。从此，抚摩我的长发成了女儿常修的功课。之后几年，我乌亮的长发间，极少见到一根盈寸的白发。被女儿怜惜着，忆念着与父母、学生、文字相关的那些小欢喜，头上的白发，居然贵过了青丝。

联想起垂暮之年的杜甫，穷困潦倒，在湘江岸旁以船为家。素昧平生的渔夫给予他真诚帮助，苏涣又成为他新的知己。杜甫非常高兴，自觉年轻了许多，好像白发里又生出黑丝。他写的诗中，便有了"今晨清镜中，白间生黑丝"的佳句。极喜欢杜甫的这种心境，白发又如何呢？生活中丝丝缕缕的甜意，总会驱走无奈老去的感伤颓唐，让意念中永驻喜乐年华，白发变青丝。

枣香里的启蒙

"枣林万里壮如霞，红焰染枝满树斜。"时逢中秋，又到了红枣飘香的时节。儿时，我家院墙外也有棵高大的枣树。枣香里的记忆，似乎都与母亲有关。

枣香诱人的秋天，几里外的表妈带小女儿来我家做客。不谙待客之道的我恶作剧地拧了这个女孩儿的胳膊，她大哭起来。母亲貌似平和地拉我走向院外，说要摘枣给我吃。我信以为真，喜滋滋地随母亲来到枣树下。没吃到枣儿，却在母亲无声息的怒气中第一次品尝了挨打的滋味。疼痛却不敢哭喊，因为母亲不让惊动客人。

在枣树下挨第二顿打，是因为刚失去母亲的姐妹俩。忘记因为什么和她们发生争执，我被抓伤，大我几岁的姐妹俩却恶人先告状跑到我家哭诉。明明事实被歪曲，我却被母亲狠狠打了几下。后来提及此事，母亲说，那两个没妈的孩子，实在让人心疼。

最后一次挨打也在枣树下。远方大伯的儿子初中毕业后来我家度假。这个哥哥不满周岁时，生母就病逝了。母亲像疼爱亲儿子一样呵护他。

哥哥开玩笑惹恼我，我以主人身份向他下达逐客令。母亲又一次在枣树下教训了我。

母亲不善辞令，更不会温柔细腻地讲解为人处世的大道理，所以挨打前后母亲的话早已模糊，但枣树下的疼痛至今记忆犹新。疼痛的结果，是我至今不会欺侮别人，不会与人争吵打闹，甚至连傲慢待人也从来不敢。

邻家的婶子大妈常和母亲坐在院外的枣树边，唠些家常，念叨陈年旧事。围着枣树玩耍的我，也听到许多关于母亲的典故。

母亲读小学三年级时，冬天，村里一个女同学辍学了，因为穷得没棉裤穿，母亲跑回家，换下姥姥刚给她改好的旧棉裤就去了那个同学家。母亲的棉裤没能唤回那个同伴，刚刚升入四年级，母亲也因家贫含泪离开学校，开始了与年龄不相称的辛劳，正式成为家里的"壮劳力"。

母亲生下姐姐几个月，大伯的前妻就病逝了，留下不满周岁的哥哥。大伯娶了现在的伯母，夫妻俩都要上班，照看不了孩子，大伯泪眼婆娑地从城里把孩子送回来，托付给母亲。母亲的奶水本来很足，却因为怜惜这个哥哥，让他分吃姐姐的乳汁。不会说话的姐姐便常在半夜因饥饿啼哭。

……

缘了母亲的勤劳，旧房子在我十多岁时就被卖掉，我家搬进宽敞明亮的新房。那棵枣树已被砍掉多年，关于枣树的记忆却枝繁叶茂，和母亲联在一起，深深植根于我的生命里。树上的红枣养眼，坛子里的醉枣飘香，粽子里的蜜枣爽口，腊月里的枣粥怡人。更重要的是，氤氲的枣香里，我受到了人生中最朴素而又不同凡响的启蒙教育。

一日看尽城中花

　　不惑中年，工作地点由城中变至城北，家住城南的我，上班路程远了两倍。

　　初听到单位搬迁的消息，眉头皱了心头皱。以前，路近而清静，懒于开车，习惯步行，上下班兼锻炼，一举两得。由城南抵城北的几条路，不仅远，而且都经过学校，市声喧扰。新工作地点临着的大道，货车往来奔突，是事故易发路段。

　　寒凉晚秋，自驾了车，缓缓驶入城市车流。小心地转了一个又一个弯，经过一个又一个路口，初次拐进新工作地点的大门。一树一树银杏叶扑面涌来。这欢迎仪式金黄夺目，明丽耀眼。亲近草木的心，瞬间被染得灿烂一片。朱砂红的楼内，二层朝阳的办公室，明亮宽敞。窗下几棵树，是玉兰和樱花，叶子正斑斓。连续几日天晴，在金黄斑斓映衬的红楼内工作，与办公室同事一起，坐享深秋阳光。

　　雾霾来袭，城区机动车限行。手机微信多了拼车群。城南住的同事，每日你呼我应，约定时间地点。拼车上路，笑语不断，其乐融融。昨天

155

清晨，张姐带上了早起给大家烤的红薯；今天傍晚，王哥和大家分享了他故乡的南瓜；明天未至，早商量好下班去蔬菜水果批发市场。拼车之举，既利小家节俭，又利城市环保、工作交流，更加深了同事友情。

那日黄昏，下班路上，停车买菜。见两辆东西相依的三轮货车，车上都是白菜萝卜。车旁一男一女，微笑交谈，像是夫妻。我选了东车三棵白菜西车几个萝卜，只一台秤，男人称得分明。白菜两块六，萝卜一块四，总共才四块钱。女人接过四块钱，拿出一块，又从衣袋里掏出四毛，递给男人。男人推辞，女人执意塞到他衣兜里。闲问几句，原来是同村邻居，自己种的菜吃不了，结伴来城里卖。风寒天冷，质朴无华的邻里情却让眉梢挂笑，暖流入心。

往来于城南城北，远途所见，熙熙攘攘、行色匆匆的背景中，街边收废品的夫妇温情私语，校门口送孩子的父母深情目送……

同住一个小区的年迈公婆，因我上下班路远，加倍疼惜，常于近午，开了我家门，将热乎乎的饭菜放上餐桌；爱人也多了关切，承包了为我洗车护车加油等琐事，晚上相伴散步，补上锻炼时间。

时至初冬，草依旧青，叶还未落尽。看青草树木，更加妩媚。车窗前，常栖着几片叶子，随了我和同事，在上下班途中，蝶一样起舞，惹得路边枝上的蝶们，翩翩飞落。我车技渐娴熟，即使在危险路段飞驰的货车间，也从容不迫。

冬日尚浅，树树玉兰，斑驳的叶间，枝枝花苞已悄然孕育。待冬去春来，单位里，小区内，上下班途中的绿化带，迎春、玉兰、桃花、樱花、海棠等都将次第花开。孟郊中年及第，诗中倾泻出"春风得意马蹄疾，一日看尽长安花"的欢欣。老子《道德经》中语"知足者富"，中年单位远迁，忆往思今，我也说近时愉悦远亦喜。我憧憬着季节轮回间，美好光阴里，城南城北往返，一日看尽城中花——不止看草木风景之花，也感受温暖尘世的明媚情花。

别把春天藏在心底

书房和阴面的阳台间隔着一道推拉门，因为冬日寒冷，这道门一直关着。春节前，我进入阳台搞卫生，随手推上了这道门。伴着一声金属的脆响，我的心"咯噔"一下：推拉门自动上锁了，锁扣在书房那一面，我被关在阳台上了！此时，家里没有别人在，我只穿一身保暖内衣，被冰冷的玻璃和瓷砖困在这狭小的空间内。阳台上没有地暖，寒意从脚下顺着血液往上升，瞬时就凉彻了心底。

家在五楼，跳窗出去，不可能；打电话给家人，手机又在卧室里；读大学的女儿还未放假，爱人在异地工作，纵是心有灵犀，父女俩也料不到我此刻被关在阳台上。等他们回来，太迟了。庆幸的是，同住一栋楼的公婆有我们房门的钥匙。我住二单元，他们住四单元。隔着玻璃，向窗下望去，院子里不见他们的身影。

我看到了另外两个熟悉的陌生人，一个是常推着轮椅锻炼的老太太，一个是护在老人旁边的中年女人。说熟悉，是因为她们住在三单元，与我是邻居，常在楼下见面；说陌生，是因为搬到这小区一年，低头不见抬头见，却从未与她们搭话，偶尔近距离地相遇，无意间交汇到一起的眼神瞬时避开，我不肯主动开口，连个灿烂的微笑也不肯抛出，这两个女人也便面容冷淡地沉默着。

老太太推着轮椅慢慢地挪，中年女人在老人身边呵护着。我望了她们一会儿，迟迟不好意思开口。真希望公婆尽快从楼道里走出来！可是，过了一会儿，又过了一会儿，还不见他们的身影。我的手脚已开始僵了，如果再不求助，两个女人进了楼，或许半天也见不到一个人影。真后悔平日里没有主动搭讪和她们熟悉起来，真担心，随着我的叫声，仰向我的依然是既熟悉而又陌生冷淡的脸。我拉开一扇窗，屋外的寒气顿时灌进来，我打了个寒战。

"大姐——"我寒冷的呼唤带着颤音。怕老人耳朵不好，我试探着喊中年女人。一声喊下去，楼下没有回应。我把嗓门稍微抬高些，再喊一声，还是没有动静。人家平时根本没听我说过话，不熟悉我的声音，很正常啊。"大姐！"我的第三声呼唤明显地带着焦急。这一次，大姐停下脚步，仰起头，看到了我，有些诧异地问："叫我吗？"我赶紧再喊一声"大姐"，说出遇到的麻烦，请她到四单元门外按响公婆的对讲机，让他们拿钥匙来开门。

大姐脸上露出善意的笑容："穿这么点儿啊，你先关上窗户啊，我马上就去！"平素动作缓慢的她快速向四单元跑去。她在四单元门外停留了好大一会儿，才又快步回来。我赶紧拉开窗，她又微笑着开口了："我按了半天门铃，里面没反应，是不是老人不在家？"我望向对着四单元的车棚，公婆的三轮车，果然不在。"大姐，谢谢你了。他们的三轮车不在下面，真是出去了。您快去陪阿姨吧，我等他们回来。"大姐关切地说："我把我妈送回屋，马上出来。"她护着老太太挪到三单元门外，开门时，又扭头望向我："快关上窗户，别感冒了！"

很快，大姐从楼内出来了，站在楼下，一会儿望望我，一会儿望望通往小区大门的路。我有些不忍，再次打开窗："大姐，外面冷，您回家做事吧。我在窗子里望着他们就好！""我不冷，家里也没什么活儿。别总开窗子，你穿得太少了！"

那天，这位我平时不理不睬的冷面大姐，终于等回我的公婆，满脸笑容地和他们说明了我的小麻烦，才冲我挥挥手走回楼里。在三九天冰冷的阳台上，我分明感到了春天的温暖。

从那天起，我才和这位熟悉的大姐真正熟悉起来，见了面，彼此笑容灿烂，目光柔软。她在屋内做饭，我也曾护着老太太按响她家的对讲机，等她春风满面地迎出来。与别的邻居间，也常常笑语相迎，互助互帮。原来，我们并不是冷面相对目光躲闪的陌生邻居，我们都有春天的品质。别把春天藏在心底，让春天的阳光洋溢到脸上，才会温暖别人的目光；让春天的花朵在行动中绽放，才会芬芳别人的心房。

爱你衰老的模样

我见到侄子，问他爷爷奶奶可好。侄子答："身体挺好，就是总吵嘴。"

我追问："为什么吵？"

"不为别的，就为了吃饭吵……"

我舒了口气，瞬间盈满微笑的眼里，又浮现出归家时的镜头。

我们一回家，父亲就张罗着买肉买菜，母亲也忙个不停。父爱母爱的味道，总是飘溢在丰盛的饭菜香里。饭桌前，我们狼吞虎咽，父亲却逃不脱母亲监控的视线。他刚夹起一块肉，母亲就唠叨："做饭的时候已经尝了两块，千万别多吃！"这第一声唠叨，父亲的反应还算平静："多不了。"唠叨几声之后，父亲的碗边还是多出一小堆儿骨头。母亲开始嗔怪："你看你，我稍不注意就吃了这么多，总管不住这张嘴！"父亲终于不耐烦了："平常粗茶淡饭的，不让多吃也就算了，孩子们回来改善改善，我多吃几口还能怎样？""吃多了，还不是你自己难受！"……

一顿饭吃下来，我们习惯了老两口的嘴上交锋，也习惯了两头劝：

"妈，就让爸爸多吃几口吧。""爸爸，你就听妈的，不让吃就少吃。"……

父亲嘴上不肯输，行动上却总让步，总是在我们还津津有味地朵颐时，就自我解嘲着退席："你们慢慢吃，我再吃你妈就把房顶掀了。"

父亲吃多了，真的会难受。因为心肌梗，父亲两进北京阜外医院，做了心脏支架和搭桥手术。我们姐弟三个两度轮番在医院日夜陪护，父亲每次都是吃尽苦头，才得以康复回家。两次住院归来，父亲身上留了伤疤，蜡黄的脸上添了皱纹和老年斑，背也微微驼了，变成弱不禁风的小老头。六十才出头，他安度晚年的信心就被抑郁的情绪所代替。

父亲两次出院前医生都嘱咐：药要按时吃，运动要适量，水要少喝，饮食宜清淡，餐饭七成饱就好。我们照常工作忙碌，日夜呵护相伴的只有母亲。母亲文化水平不高，却能将医嘱当作尚方宝剑，时刻相随变成小老头的父亲，催他吃药，盯着他喝水，粗茶淡饭地侍候他，因怕他多吃而每日三餐地和他"吵"……

奇怪的是，一次次归家在饭桌上听他们"吵"，却并不见他们真的生气，用餐结束，便又云淡风轻，你侬我侬。在母亲日日三餐的"吵"中，父亲的腰板渐渐挺直，脸色渐渐红润，心境渐渐明朗。

姥姥姥爷生前，我去看望他们。那时，两位老人都已八十几岁。曾经风流倜傥才华横溢的外公已经变得举步维艰，记忆错乱。外公见我，格外开心，冷热长短地问个不停。姥姥拄着拐棍颤巍巍移步到姥爷跟前，指着我，望着外公，温声细语地问："她是谁呀？"等待的片刻，姥姥的眼神里满是爱怜和期待。"她是继颖啊，我还能不记得？"外公的回答，像瞬间燃起的一根喜悦火柴，照亮了姥姥混浊的眼睛和皱纹密布的脸。或许，刚刚或前一天，姥爷又认错了哪个人，记混了哪件事，而那一刻，他是清醒的，姥姥便一脸幸福和惬意。姥姥姥爷的一生，多的是沧桑，而那样的瞬间，让我们确信，一定曾有许许多多独属于他们的美好往昔。

我们单位对面是一排平房。平房边，高大的柳荫下是洁净的人行道。

最近，树下多了一位学步的老翁，胖胖的身子，被一位瘦弱的老妇人搀扶着，一步，一步，艰难地挪移。他的一条腿，一只胳膊，半面身子，僵硬，沉重，他的头也总无力地侧向这一边。老翁大概是中风病人，正在康复训练期。他趔趄歪斜的身子，因了老妇人拼尽全力的搀扶，变得沉稳而安全。休息时，老翁穿着白衫黑裤的身子靠在墙边的椅子上，头靠在院墙上挂起的一块洁净棉布上。老妇人坐在他身边，一手扶着他，一手给他擦汗，或者喂水……在穿梭于咫尺之外的行人面前，老妇人旁若无人、大汗淋漓地秀着关切，像呵护一个蹒跚学步的孩子。

爱尔兰诗人叶芝曾写下这样的诗句："多少人爱你青春欢畅的时辰 / 爱慕你的美丽，假意或真心 / 只有一个人爱你那朝圣者的灵魂 / 爱你衰老了的脸上痛苦的皱纹。"朝圣的年轻人，若希望爱情能修成美满的正果，就要懂得，真正的美满，就是当另一半病苦衰老到不能多吃几口饭，记忆支离破碎，连路都走不了的时候，你还可以嗔怪着和他"吵"，为他记得一个再熟悉不过的人而惊喜，为他还能被自己搀扶着移动而无怨地付出……你若能爱他将来衰老的模样，那么，爱情路上的小坡儿小坎儿，还有什么不可以云淡风轻地携手走过？

守住发芽的梦想

田野里，明月下，清风中，豆子们还只是一粒粒青豆，睡在豆荚的摇篮里。青豆们或许都有过"天生我材必大用"的本真梦想：当有一天进出豆荚，以饱满的金黄接受过阳光的检阅，一定要欢快地跃入一方沃土，汲取水分和营养，萌出苗壮的新芽，长成枝繁叶茂的一株，开花结实，体验一大群青子变黄的慈母之乐，实现黄豆一生最大的价值。

成熟见光的黄豆，圆溜溜的模样纯真质朴，有着营养丰富的内涵。然而，并非每粒豆都愿意守住这份淳厚，在静寂角落挨过苦寒长冬，等待在春日泥土中发芽的机会。不知有多少粒黄豆开始向往餐桌上的繁华，期冀得到世人的青睐。因为质地坚硬，滋味寡淡，黄豆并不见爱于众人。于是，许多豆子跳入锅中，经过火煎水煮，成为炒豆或煮豆，跳上了餐桌，供人们享用；更有甚者，宁愿忍受泡、磨、滤、煮、混入石膏的过程，华美变身为豆腐，混入喧哗人间，成为迎合众口的美味！

求学时代，我们都是与明月清风为伴的多梦青豆。我读师范时，有两位天赋过人、才华横溢的男同学：一个酷爱文学，坚持阅读和练笔，很快就在《少年文艺》上发表了自己的处女作，然后一发不可收拾，成了为同学称道的"小作家"；一个钟情美术，刻苦学画，校园的树下、花园里，美术室中，天天有他绘画写生的身影。毕业前，他的个人画展震撼了整个校园，他也成为同学瞩目的"准画家"。

毕业后，同学们各自回家乡工作。"小作家"回到大山深处教书，在乡村校园里度过了寂寞而诗意的几年。教学之余，他看人山深处的霞飞霞落，看漫山遍野的桃花变成累累果实，看枫叶由绿而红，看秋雨黄昏次第亮起来的农家灯火；林中漫步，他采蘑菇、摘草莓、构思作品、思考文学与生活。在他频频飞来的信件中，我有幸分享了他浪漫充实的生活和不断收获的文学硕果。然而他远离尘世、不被关注的孤独与怀疑，也春草一样在信中的字里行间萌芽滋长、蓬勃成一丛丛，一簇簇。终于有一天，他告诉我，已经跳出山野，跳槽到了县城某机关。由办事员到一个部门的负责人，讷于言辞的他，不知历尽了多少艰辛！同学聚会时，"小作家"的影子已逝去无踪，对面坐着的是一位"志得意满"的"领导"。在他失之自然的"谈笑风生"里，我洞察到他心底对文学根深蒂固的眷恋。

又是几年过去，突然传来他倒下的消息。那个敏于心的纯情"小作家"，工作生活上积聚起来的压力和苦闷再也没时间从笔下排遣，酗烟，酗酒，终致突发脑溢血。模糊中，我听到多年前那粒青豆在明月下的低语："要让我们的文字，扮靓世人的精神家园。"这低语，伴着二十年前的清风，成了永远的烟花之梦。

毕业后，"准画家"回到城市教书。他的消息，我多是从与他同城的同学那里听到的。教书辛苦，他却报了夜校继续学画，无暇写信，无暇恋爱；他考上了师专美术系；他师专毕业后又到了某职中教书，不被赏识，依旧"我行我素"，白日教课，晚上攻读画论、练习画技；他考上了中央美术学院读研；他研究生毕业被某大学聘去教油画；他恋爱结婚，生儿育女；他成了国内外油画界小有名气的画家……

两个同学的故事，于千千万万世人中，只是再寻常不过的故事。或许，这沧海之两豆，可以作为一斑窥得豹之一尾或半身吧？作为一粒豆，别为了赶赴餐桌的浮华，迎合众人的口味，就急着被煎被煮，"千磨百变"化身豆腐。不妨于淡泊宁静处，默默坚守住发芽的梦想。因为守住发芽的梦想，才能留住生命价值最丰硕的希望。

心存"回车巷"

老钱提出去邯郸时，只知邯郸曾是赵国都城；我只知邯郸是一个两千年未改其名的国家级历史文化名城。

我点开可能有邯郸人的微信群。问一句，真有邯郸人迎出，于是拜为"导游"。已是中午，我们的车刚驶入高速公路，距邯郸七百多里，第二日晚还要赶回，在邯郸时间不足一天。

"下午到市里可去丛台、学步桥，学步桥在丛台北约二百米处；晚饭可到阳光天鸿广场，那里美食多；住宿可到中华南大街的如家，那里距丛台近，服务好。第二天可去涉县娲皇宫。""导游"言罢，为方便我们导航，微信分享了食宿地点的位置。

"导游"是邯郸学院老师范文华。百度其人，照片上的青年风度儒雅、笑容灿烂；看文字介绍，生于一九八四年，才过而立，竟著有一百五十八万字的《古赵雄风》四部曲。

范老师隔着手机屏幕热情"导游"，我们的邯郸行格外顺利。

丛台公园花木扶疏，水碧波清，建筑古朴，古雅静穆。两千多年前赵武陵王所建的丛台，乃君王观赏歌舞和军事操演之地，虽经历代修缮改建，仍保留着古代亭台的独特风格。以蔺相如、廉颇为代表的赵国七贤，英魂聚于丛台石阶下的七贤祠，岁岁年年被今人纪念。

石砌的学步桥，桥下七孔，桥头字坊，桥栏雕塑的狮子，桥面粗糙的青砖，都气韵古拙。从《庄子·秋水》中流出的沁水，映出一个学步的影子。那个没学好邯郸人优美步态，忘记原来步法爬回燕国的少年，竟没了生搬硬套的机械，增了心向美好的可爱。

市内游览，我们的车停在宾馆外，几次打出租车。司机师傅待客热情，谈吐儒雅，开口就能聊出一串与邯郸有关的成语典故：邯郸学步，胡服骑射，完璧归赵，负荆请罪，毛遂自荐，黄粱美梦……我在丛台上买的两副扑克，收入邯郸成语典故一百零八个。

成语典故，多连着古迹。市内古迹，我们还去了回车巷。蔺相如以智勇挫败秦王诡计，完璧归赵；渑池之会，秦王命赵王鼓瑟，相如以智勇迫使秦王击缶，维护了赵王尊严。相如被拜为上卿，位在廉颇之上。自恃功高的廉颇不服，欲当众羞辱相如。相如处处避让，出门见廉颇车马迎面而来，赶紧叫车夫把车往回赶。"相如回车为赵国，廉颇负荆痛悔过"，从此将相和好，同心为国。蔺相如回车避让处，得名"蔺相如回车巷"。巷子长约七十五米，宽约一点八米，短而窄，却见证了相如见识之长，心胸之宽。

绵绵秋雨中，两边住户靠墙停放的自行车、电动车、三轮车，苫着雨布雨披，使小巷更显逼仄。回车巷所在的串城街，分布着多处古迹，比回车巷宽不了多少，虽车满为患，亦川流不息。

站在回车巷纪念碑前，望着墙上记述"完璧归赵""将相和"典故的巨大宣传框，心房暖流暗涌。这里生活环境如此拥挤，仍为一段古老佳话留存着一席之地。"回车典故今犹在，谦让遗风古韵存。"街巷居民回车避让的现代文明之举，也时时在此上演吧？

邯郸古迹，即使小如回车巷，也传承着一种人格，一种情怀，一种态度，也足见邯郸城对历史文化的敬重。历史是人类精神的故乡，作家范文华和几位出租车司机，行世姿态的儒雅大气，想必与精神故乡的滋养不无关系。

平凡小我，故乡远离邯郸，此生难成蔺相如，就把厚重养人的传统文化，把明媚温暖的经历细节，作为个人心间的"回车巷"，作为滋养精神的故乡吧。心存"回车巷"，也怀一线山高水长的梦想。

第五辑　情谊密码

一串情谊的密码，悄然开启通向温暖的门。一幕幕生活的图景，清馨美好，活色生香。

春芽之恋

春芽，是迎春鞭炮爆落茎上的星星欣喜，山间，水畔，路旁，四面八方，春芽在膨胀。春芽，是生命潜流迸溅而出的点点希冀，秋意阑珊时，就已从根的源头启程，经霜沐雪，穿越萧瑟的寒冬，蓄满力量涌入料峭的早春。

春芽是春光之河最先泛起的层层涟漪，几缕解冻的轻风，一场如酥的细雨，涟漪便枝枝簇簇地绽放，绽成饱满的嫩茎、润泽的新叶、溢香的鲜花。春芽萌得江山丽，春芽幻得花草香。若有若无的草色，写意出大地复苏的春意图，诠释着"诗家清景在新春，绿柳才黄半未匀"的晴和心境。芦芽短，蒌蒿满地，胜日寻芳，已是春色满园，无边光景，漫步江畔，"黄四娘家花满蹊，千朵万朵压枝低"，好一派美丽迷人的仲春画卷。春芽，是春之长廊的杰出画师，恣意点染，皆成入目养心的丹青妙笔。

春芽，是春之乐队的优秀指挥。春芽刚张开明媚的眼睛，喜鹊报喜的旋律就高昂亢奋起来，因为用不了多久，突兀在高树上的鹊窝，便会重新隐进葱茏，成为她们安适的梦巢；春芽刚露出动人的笑靥，就惹得早莺争暖树，新燕啄春泥，鸭戏春江，河豚逆流而上；春芽刚舒展开柔嫩的肢体，就引得蜂蝶嗡嗡，鸽哨作响，流水潺潺，笛韵悠扬，欢歌嘹亮，春色的画廊中，交响着憧憬和快乐为主题的大型乐曲。

春芽，是小湖边清新飘逸的柳丝，柔软韧性；春芽，是麦野上迅速复苏的绿箭，生机盎然；春芽，是巨石下蜿蜒而生的野草，坚毅勇敢。春芽，是一抹新绿，一树鹅黄，是朵朵玉兰白，簇簇丁香紫，丛丛玫瑰红，是五彩斑斓的梦想和希望。

春芽，是餐桌上的盘盘清鲜。蕨芽，椿芽，柳芽，荠芽，茶芽，并非珍馐美味，是忆苦思甜的传统成就了餐桌上的春芽文化。曾经的艰苦时代，青黄不接的春日，缸中无米，篮中无菜，柳树椿树，荠菜苦菜，枝头和泥土中，春芽一茬茬顽强地爆出来，慰藉着饥饿的胃口。"时绕麦田求野荠"，诗意美的背后，引发过多少苦涩的共鸣！如今，曾经靠春芽度命的老一辈，也春芽般顽强地走进崭新时代，淡定安详地接受新鲜事物，乐享现代化高科技的晚年幸福。

春芽，像天真稚嫩的孩子，美好刚开头，每天都是茁壮的希望。认识一位年轻的乡村女教师，漂亮，热情，开朗，敬业。蒲公英的新芽绽成遍野的绿叶黄花，她带孩子们赏春，微笑漾在脸上。她说："看着春芽一样成长的孩子，欣赏着自然四季的变幻，感觉每一天的付出都像春天一样充满希望。"

春芽，有着儿童的稚嫩，少年的梦想，青春的生气，盛年的力量，老年的从容。美好的春芽独择了春天，自然四季，年年轮回。人生向前，流年不返，却可永葆如春的心境，随时蕴出希望的春芽，迸发出人生四季的约丽与辉煌。

春日悠悠

夜雪初霁。早晨的原野，似披着白纱裙的新娘，被朝阳的明眸注视，透散出一抹抹羞红。

春日悠悠，下午四点多，太阳还明亮得很。天空蔚蓝，白云朵朵，风牵着阳光在田野上跑，雪一条条一道道地融化，露出湿润的黄土。近一天的时光，白嫁纱就换作格子衫，黄绿白相间，新娘变成淡妆素服的居家女子，过她的寻常日子。这日子的光阴，一寸一寸都透着希冀。

麦苗从雪里探出头来，枯黄的冬叶间，露出点点箭头似的新绿；远处的树群静默着，杨树趟边的几棵柳，饱胀的枝条在半空渲染一片鹅黄，新的生命正从土层深处向树干潜流。绿箭待发，绿流暗涌，只等春姑娘一声令下，便会秀出遍野的勃勃生机。

路边，隔一段便停着一辆卡车。这片乡野，盛产胡萝卜。农人刨开渗进雪的泥土，鲜艳肥硕的胡萝卜裸露出来，被装进袋子，搬上卡车，即将奔赴城里的菜篮子。农人面露微笑，这是去年的收获，价钱够好。

而这场雪，落在干旱的早春，也拉近了原野和今年收获的距离。

汽车悠悠地在乡路上行驶，车内缓缓飘散着二十世纪八十年代的老歌儿。司机师傅的恋旧情怀，把坐在车内望原野的人，拉回童年的春天。

那时候，被大人们亲昵地唤作"野孩子"，喜欢往田野里跑，无忧无虑，却有执着的念想。返青的麦趟间，刚出土的蒜苗的空隙里，挤挤挨挨的野菜丛中，低头慢慢地寻，阳光晒得后背暖暖的，风逗弄着头发。那样的春天，总能在田野里寻到三两棵幼苗儿，桃树的、杏树的、梨树的，都能一眼辨出来。看在眼里挖到手里的惊喜，像顺风中鼓足的帆，在春光的河里畅快地行驶，一路飞一样把野孩子送回家。房前屋后压水井边，细细察看确定苗儿安家的地点，小心翼翼种下去。日日浇水时时期盼，新生的一片叶新拔的一毫节，就可以成为童年的全部心事。去年种下的桃树刚发芽，今年的杏树苗又捧回家，桃三杏四梨五，大人们一遍遍地答复着结果的时间。几个春天过去，终于看到春华秋实。红桃黄杏白梨，闻着果香，长高的野孩子懵懂地领悟到希望和收获的因果关系。

春日悠悠，在雪后的原野上穿行，身心俱静，兴致绵长。把自己想象成一棵树一棵麦苗，清空去年烦恼和忧愁的黄叶，蕴一心希望的芽，便觉得长大的世界，不远处也是枝叶葳蕤，花事纷纷，硕果累累。

感恩最小的一滴露珠

寒冷的藤蔓生得太长，春天的脚步，被缠绊得蹒跚。延迟的花期，盼得人心急。收到徐迟译的美国作家梭罗的《瓦尔登湖》一书，恰恰是此时。一页页翻下去，恬淡而芬芳的句子，和风暖阳一般，拂洒进忙碌时光的缝隙，原本焦躁的心渐渐清宁。

梭罗短短四十四年的一生，简单而又孤独。他生命的馥郁和精彩，离不开瓦尔登湖的润泽与滋养。一八四五年到一八四七年，梭罗独居寂静的瓦尔登湖边山林，在自己盖起的简陋木屋中，观察着，倾听着，感受着，沉思着，梦想着，记录着。两年多的时间，他享受着大自然的丰厚馈赠。

日子缓缓流淌，风景一幅幅变换。"湖是风景中最美，最有表情的姿容。它是大地的眼睛。"他与这湖的明眸对视，春天，看野鸭和天鹅在眸中清晰的倒影，看白肚皮的燕子掠过这眼波。夏天仿佛圣洁的仙子，摇摇摆摆走在石头湖岸上。清晨，草在生长，鹰在盘旋，鸟在欢唱，梭罗坐在阳光下的树丛中，读书，写字，或凝神沉思，享受无边的寂寞与安宁。赏过红枫，采过葡萄，十一月，太阳成了湖上的炉火，晴和的秋天，他曝日取暖。冬日的北风把湖水吹结，冰块覆住美丽的鲈鱼，他便在木屋内升上炉火，用灯火把短暂的白昼拉长。

四季的变换中，梭罗与禽兽为邻，与草木为伴，与湖同床共枕。他锄地、种豆，耕耘，却不在意收获多少，"为稗草的丰收而欢喜，因为它们的种子是鸟雀的粮食"。欣赏着最珍贵的风景，他成了伟大的诗人，把田园押上了韵脚。

湖水的纯洁，山林的繁茂，描绘细致，形象优美。梭罗俨然一个技艺高超的油画大师，潜心透视着时节变幻中的每一物每一景，笔触所及，都描摹得栩栩如生。明朗无边的自然，是这一幅幅油画的背景，沉静地陶醉于油彩般的文字里，宛如在缤纷的自然画廊中进行着一次精神向上的光阴之旅。

置身自然，梭罗对人生，静静思考和分析，深入探索与批判，他振奋着，阐述人生更高的规律。传神的描摹中，不乏透彻精辟的说理，启人心智。如：地球，"不是一个化石的地球，而是一个活生生的地球。和它一比较，一切动植物的生活都不过是寄生在这个伟大的中心生命上。""尽管贫困，你要爱你的生活。生活得心满意足而富有愉快的思想。"

掩卷之时，满眼春花次第开。"一场柔雨，青草更青。"在这迟来的美景中，静静品悟"就像青草承认最小一滴露给它的影响"，我们也应感恩最小的一滴露珠。"每天早晨都是一个愉快的邀请"。让我们欣然赴约，照会宁静的自然与恬淡的时光，接受自然给予的感官、物质与精神的馈赠，也给自然呈上一样珍贵的礼物——我们的呵护与感恩之心。

春荠菁菁

闲翻《诗经》，读到"春日迟迟，卉木萋萋。仓庚喈喈，采蘩祁祁"两句，眼前便跃现一幅旖旎的动态春光图：春天像睡醉了的仙女，在日渐零落的鞭炮声中慵懒地睁开惺忪的眼；美目流盼间，草木复苏，转瞬葱茏，莺歌燕舞，争相和鸣；人们换上轻便的装束，涌到田间采摘野菜，笑语盈盈。不曾识得被注释为"白蒿"的"蘩"，倒是故友似的春荠，又在回忆中绽放出久违的清香。

生在农村，母亲还未教我辨识五谷，便郑重地指着一丛不起眼的绿色告诉我，那是白花菜，是救命菜。母亲的豆蔻年华，在艰苦的二十世纪六十年代。缺米少面没有蔬菜的春天，她在乡野的每一个角落寻着白花菜。菜挖回家，太姥姥把它们洗净烫过，切碎加盐做成菜团，案板上撒一层薄薄的玉米面或高粱面，菜团在案板上轻轻滚过，蒸熟了就是全家人的"美味佳肴"。母亲姊妹多，小小的菜团子，一日两餐，太姥姥总是计算着数目分给大家吃。饥饿的母亲居然长成一米六七的大个子，她说那是白花菜的功劳。

母亲常讲"慈悲如地"，说白花菜就是土地上救人度难的慈悲花。白花菜从春天的泥土中绽放出来，一簇簇锯齿状的小叶片，绿紫相间，紧挨大地，宛如一朵朵朴素的花。那姿态，确是与尘埃比肩。只有纤细的绿苔抽出时，才高昂起小小的花穗，在柔柔的风和融融的阳光里，开出米粒大小的白花，恬静地结籽，撒播慈悲的种子。

我的童年，在二十世纪七十年代末八十年代初，那样的岁月，像乍暖还寒的春天，有希望在远处亮着，日子却还紧巴得很。春来时，冬天储存的萝卜白菜已吃到尾声，缸里的咸菜也没了滋味，我便常跟了母亲，到菜园和麦地里挖白花菜。嫩绿的菜叶，经母亲的巧手，和白面粉、黄玉米面一起，变成饼子、包子、饺子、热汤和凉拌菜，透着春色的清鲜与春菜的淡香，在餐桌上诱惑着小小的我。

清香的白花菜，一片片茂盛在我童年的春天。初中时学张洁的《挖荠菜》，才知"荠菜"是白花菜的学名。书读得渐多，对荠菜也有了更多的了解。荠菜不仅可以在饥荒年代饱腹救命，赢得"吃了荠菜，百蔬不鲜"的赞美，而且有着佛家的雅名"清明草""护生草"，是一味天然的良药。《名医别录》中记载："荠菜，甘温无毒，和脾利水，止血明目。"民谣有云："三月三，荠菜赛灵丹。"富足起来的现代人，更是用荠菜食疗充实了自古以来的药膳文化。

说到文化，荠菜与不少文化大家结下不解之缘。白居易的"时绕麦田求野荠"，陆游的"春来荠美勿忘归"，郑板桥的"三春荠菜饶有味"，都已成为脍炙人口的咏荠佳句。苏轼品尝荠菜之后也对朋友说："食荠极美"，有"天然之珍，虽小甘于五味，而有味外之美"。辛弃疾的一句"春在溪头荠菜花"，则在咏荠菜的美味之外另辟蹊径，道出菁菁荠菜点缀出的一片大好春光。

如今又近阳春三月，荠菜菁菁。不妨偷得浮生半日闲，到就近的田间地头，挖荠寻春，忆苦思甜，不负春光，不负土地馈赠人类的这丛丛簇簇的慈悲。

谁谓荼苦？其甘如荠

初夏，苦菜花经晨光的妙手点裁，无数张小黄菊似的灵秀笑脸，浮动在纤细的叶梗之上，成为菜畦的丝巾，麦田的披肩，堤坡的裙裾，树林的绣鞋。掐几朵小花轻嗅，萦在心间的是如丝如缕的鲜香，全不似它叶子的清苦。

北方原野上常见的苦菜，《诗经》里称为"荼"。《邶风·谷风》中的荼，与一个女子的命运有关。初嫁时，一贫如洗的男人"及尔同死"的誓言让她心安，于是幸福地道出"谁谓荼苦？其甘如荠"，日子苦点儿算什么呀，只要跟他在一起，再苦的日子都是甜的。女人的巧手殷实了日子，却苍老了她的容颜。饱暖的男人迎娶了新妇，将她逐出家门。"谁谓荼苦？其甘如荠"变成凄风苦雨中伶仃女子哀怨的哭泣：谁说荼菜味苦难下咽？比起心中的苦，它鲜香如荠菜。这弃妇的悲苦心声，是一股疼痛的冷风，隐在《诗经》里，瑟瑟吹拂了几千年。

"谁谓荼苦？其甘如荠。"看着满眼碎金般的苦菜花，翻阅着关于苦菜的记忆，咀嚼这八个字，滋味与《诗经》里迥然。

春天，苦菜刚在大地上秀出一片片窄窄的嫩叶，便有怀旧的女人握着铲小心翼翼地挖。小心，是怕碰破茎叶，白色的浆汁冒出。那苦涩的液体原汁原浆地渗透进舌齿间，才算最好的归宿。富足舒适的现代人，挖苦菜的兴致丝毫不减。因为这遍野生长的苦菜，曾伴随人们走过荒瘠贫困的时代。"一篮子苦菜半瓢粮"，穷人的生命，曾因它的接济得以延续，它也因此有了更加卑微的名——穷人菜。穷人菜挖不败，年年岁岁，一茬接一茬，欣欣然蓬勃着。

　　老人们絮叨苦菜时代的旧事，提起乡邻间一瓢玉米面半袋高粱米的接济，神色话语里满是虔诚与感激。一篮篮苦菜的恩情，金灿灿的苦菜花般照亮老人们的记忆。姥姥曾讲，舅舅出生时，是天寒地冻的腊月。舅舅本来还有个双胞弟弟，可由于屋里太冷，落生不久就没了气息。邻家老太太把舅舅揣到怀里，用肌肤焐热了舅舅瘦小冰凉的身体。舅舅转危为安，姥姥却由于伤心和长期营养不足没有奶水。那年月村里见不着也买不起奶粉，襁褓中的舅舅啼哭着寻找乳汁。那时二伯母也刚生下儿子，奶水充足，才出满月的她冒着大雪跑到姥姥家给舅舅喂奶，从此天天往姥姥家跑，一天两趟，寒往暑来，直到舅舅七个月大。舅舅到中年，事业如日中天，仍恭敬地听姥姥讲苦菜时代的那些过往，也常带着舅妈去看望年迈的二伯母。

　　苦菜，代表着贫瘠时代土地无私的馈赠，象征着饥寒岁月世间富足的人情。那份给予那份情谊，散着自然与人，人与人间谦和融洽的气息，让人欢喜，耐人回味。

萱草流年

去校门口给女儿送饭。穿过广场时，一池青葱亮人的眼。时值初夏，萱草又青。满心的喜，却不敢停留。待热乎乎的饭菜递到女儿手中，叮咛几句，才又折向一池鲜绿。碧叶丛丛，菁菁滋长，向着黄花醉人的仲夏。

最早与萱草结缘，是在餐桌上。幼时盛夏，母亲端上一盘明艳，淡绿的梗儿，金黄狭长的瓣儿，爽口的清香攫住尚嫩的味蕾。在母亲汗水浸润的微笑中，记下她的名字"黄花菜"。年节里，母亲也常买些晒干的黄花菜，用水泡开，拌入美味的什锦，或切碎入馅，包出可口的水饺。黄花菜，在母亲的辛苦里，变成诱人的美食。

在外求学时，迷上丹青。摹一幅花鸟，画幅右侧，一丛长叶，几枝花苞几朵黄花，都柔韧地向左上方伸展。花叶所向，闲云袅袅，白鹤振翅。似曾相识的黄花，勾起清香的记忆。美术老师讲，那美丽的一丛，是萱草。

查资料，才知这萱草竟是"黄花菜"，有别名"忘忧草"。《博物志》

载："萱草，食之令人好欢乐，忘忧思，故曰忘忧草。"萱草又是中国的母亲花，古时游子远行前种下萱草，希望减轻母亲的思念，忘却烦忧。孟郊《游子诗》中有"萱草生堂阶，游子行天涯"的佳句，曹植曾为之作颂，苏东坡亦曾为之作诗。萱草不仅是美味名花，还是良药。《本草求真》中说："萱草味甘而气微凉，能去湿利水，除热通淋，止渴消烦，开胸宽膈，令人心平气和，无有忧郁。"

深深地爱上萱草。然而正值多梦青春，未赋新词强说愁，情意懵懂，以为月下花前便是天荒地老。梦如繁花，玩心茂盛，地上的一丛，再怎么遥望云端，也不能化鹤高飞。仲夏，校园里萱草怒放，"忘忧"花妍，却是顾影自怜，多愁善感。收到母亲托姐姐写的信和寄来的衣物，感受到她殷殷的牵挂与眷念，才感觉缕缕幸福的慰藉。

流年飞度，做了母亲。琐碎的柴米油盐颠覆了斑斓的美梦，女儿变成生命的重心，忙碌化作日子的主旋律。襁褓时的夜夜不眠；蹒跚学步时的提心吊胆；初写作业时的日日相陪；少年叛逆时的苦口婆心；步入高中，喜着她刻苦勤奋又为她的健康忧虑，午休时舍不得早喊她一分钟，早晚准时做了合她口味的营养饭菜送到校门口……回望母亲，多了理解与寸草报恩之心。抚小敬老，每日盈盈浅笑。弃了丹青，在时光的夹缝里，拾起曾丢下的文字，偶尔于键盘上敲打，积叶成章，便有了报刊上墨花朵朵的欣喜。哪里还觅得到闲愁？

年年岁岁萱草花，走向不惑的年纪，对萱草的"忘忧"花语，有了更深的体悟：用心去爱，用汗水润泽生命的时日，才可心平气和，远离忧郁。

做只花上的蜜蜂

炎热的夏日，视线望向窗外。在一片葱郁的绿色之上，薄薄浮动的红云是多么烂漫飘逸！

那是一棵茂盛的合欢树。粗壮的树干，窈窕舒展的长枝，撑出一把巨大的伞柄；成千上万片深翠的小叶子，组合成整齐的一串串，密布于伞柄的顶端，成为细密宁静的伞布。一朵朵精致的合欢花，细丝样的花瓣，根部的青白与上面的粉红自然过渡，成为一层精致的微型花伞，随风浮动于绿色之上，悠然而又绮丽。时值六月，晴天里骄阳似火，阴天里压抑闷热，雨天里风狂电闪，恶劣的天气丝毫没有影响合欢树青春的吐露：给疲倦的眸子撑出一片迷人的笑靥，给燥热的身影撑出一片清凉的荫翳，给惰怠的思想撑出一片飞翔的晴空。无论属于哪个季节，都生得郁郁葱葱，绽放得美丽芬芳，挥洒一片诗情画意，让人心旷神怡，忘怀得失，看清活着的价值——自然的花树大多如此。

雨后的傍晚，在广场漫步。突然，似乎听到神奇的呼唤。仰起头，天空的东南方驾着好大一座彩桥！鬼斧神工，正好是一个顶天立地的半圆——红橙黄绿青蓝紫，七彩变幻。目光越过这座彩虹桥，回到了多彩的童年——雨后逐虹，演绎到达天宫的梦。梦幻消失，童年远去，昨梦依稀，时光的年轮滚过，过去的日子永远锁定在从前，再也跨不进今天的门槛。回首仰望，大片炫目的橘色涂抹着西北的天空，令整个心灵震撼！回眸之时，七彩渐渐变淡，转瞬彩虹不见。再次转身，夕阳归处，层层叠叠，光彩夺目，金色的海，金色的浪，金色的岸滩，映着金色的楼房，金色的树木，还有金色的大地。在这虹与霞的交替变幻之中，读懂时光的短暂，悟透珍惜的含义：美景，邵华，亲情，友情，爱情……多少美好像虹与霞一样不能长久，既然不能留住，只有在拥有时珍惜。

晴朗的早晨，天空蔚蓝，白云悠悠，飞鸟和鸣。花园中花枝葳蕤，花色绚烂，花香弥漫，彩蝶双双蜂儿匆忙。自然的生灵，用短暂的生命，诠释着存在的美丽和价值。

亲近自然的同时，有了新的感悟：自然就是一棵缤纷的花树，山川河流，妖娆多姿；花鸟草虫，风采万千；春夏秋冬，四季更迭；风云雨雪，气象变幻……自然万象，花事频繁。生为灵长，做一只自然花树上的蜜蜂，也不失为一种幸福——忙碌走过人生的同时，采得自然的花粉，为自己也为他人，酿制心情的超然与欢愉，酿出思想的光华与璀璨，酿造生活的幸福与甜蜜。

情谊密码

闷热的酷夏，我组织阅全市统测试卷。上午的阅卷工作结束时，一个淳朴美丽的女教师，从身后墙角边拎出一个胀鼓鼓的大塑料袋，虔敬地走到我面前。因长时间在蒸笼般的教室中阅卷，她满脸潮红，微笑都是汗涔涔的。

"王老师，这是我给你掐来的马齿苋。前天就开始想给你带点什么好，觉得你什么也不缺。想起你支教时喜欢挖野菜，今天就起了个大早去我家房后空地上掐。"甜美的声音，透着我几年前就熟稔的温柔。

大塑料袋拎在了我手里，沉甸甸的，足有十来斤重。洁净的袋子里，嫩红的茎，嫩绿的叶，挨挨挤挤，排列整齐。掐满这样鲜嫩可人的一大袋子，手指至少要拨过几百上千棵马齿苋，花上几十上百分钟时间吧？八点前赶到阅卷点，这位老师家在几十里外的偏僻乡村，七点钟就要坐车出发。她多早就起来去掐野菜了呢？这天清早就闷热难耐，她的脸，从掐野菜时就被汗涔涔的潮红淹没了吧？

几年前，我曾去这位女教师所在的乡村小学支教。支教的路，曲折颠簸，清早六点多从小城坐汽车出发，晚上六点多回到小城。午饭在学校吃，六个人的饭菜，由我们三个支教的女士在小煤炉上自力更生。日子艰苦，却有滋有味。春天，千千万万棵绿色花朵般的鲜嫩荠菜，从校园周围的麦田里、空地上绽出来。荠菜的白花绽开前那段时间，午休时，三个女士常到校园外挖荠菜。挖荠菜的午后，沐过暖阳，冒过细雨，顶过风沙。回到简陋的宿舍，三双巧手，将那无数朵土地馈赠的绿，一朵朵择干净，去了根。第二天上午课余，和面，将荠菜反复清洗，用开水烫过，攥去多余水分，剁成碎末，与从城里买来的猪肉馅、各种作料搅拌均匀，再一阵忙碌，就到了午饭时间，营养鲜香的猪肉荠菜饺子便煮熟上桌了。

三位男士并不吃闲饭，劈柴、生炉火，换煤、倒煤灰，将炉子屋里屋外地拎来拎去，提着空水桶到室外接满水再提回……所有脏活累活，由他们承包。小学没有住校的老师，需两人一组轮流值班，隔三差五就轮到一次。我们几个支教的女士胆子小，几位男士就常替我们值班。替我们值班的，还有当地女教师的老公们。这位掐马齿苋给我的女教师，就曾多次让老公替我们值班。

那个春天，我们包的猪肉荠菜饺子以清香可口在小学闻名。当地老师几乎都吃过我们的野菜饺子。有时特意先煮些请他们尝鲜，有时天气不好留他们一起吃。有独门厨艺的老师也常带给我们惊喜。一位姓郝的老大姐，早晨四点多就起床，给我们烙出几十张玉米面饼，上班时带到学校。午饭时，薄而脆的玉米面饼，抹一层甜面酱，夹几棵生荠菜，玉米黄，酱紫，荠菜绿，舌尖上的春天，色、香、味、情俱鲜。

一年的支教生活，我们与当地老师建立了深厚的情谊。我们不仅工作全力以赴，还热心地替当地老师跑腿，从城里捎回各种化妆品、生活用品……那个荠菜飘香的春天，我们自费买来一百多棵月季花苗种在校园里。盛夏，支教生活结束于月季花绚丽醉人的芬芳里。

那个荠菜勃发的春天，周五的黄昏，我把午休时挖回的荠菜带回小城，沉甸甸的，一大袋子，又一大袋子。乍暖还寒的春夜，坐在矮凳上，对着倒在地板上的一大堆荠菜，专心致志地择选、去根。大朵的鲜嫩，装进准备好的洁净塑料袋，一朵，两朵……十朵……袋子将满时，已装进五百棵花朵一样的荠菜。五百棵精心择选的荠菜，恰似五百朵情谊的小化，美好纯净，绝无污染。夜深人静时，几个鼓鼓的袋子里，几个五百棵，都是这样的情谊花朵。第二天，分送给同城的亲友，乡野的荠菜香，便绽放到他们的餐桌上。

再往前追溯到我小时候，吃野菜长大的母亲，偶尔会把精工细作的野菜端上餐桌，荠菜、苦菜、蒲公英、马齿苋……凉拌、做馅、煎摊……母亲借此忆苦思甜，也教育我们懂得珍惜。

从儿时初尝、初知野菜，初次挖野菜，到如今懂得一些野菜的食疗药用价值、以野菜为美味……一路走来，野菜，牵系着生命记忆里越来越多的温情美意。

这个酷夏的中午，拎着女教师捎来的野菜，心中微澜暗起。如果能望见，我感动的心也一定是湿润潮红的模样。袋中的马齿苋如一串情谊的密码，悄然开启通向温暖的门。一幕幕生活的图景，清馨美好，活色生香。

国槐古韵

盛夏酷暑，正是国槐飘香的季节，绿冠如伞，浓荫如盖，层层簇簇的小花如珠似玉。清风拂过，黄白的花瓣雪一样飘落，铺出一片清凉世界。踩着满地落花，被淡淡的芬芳包围，步子轻盈，心灵宁静，不由得想追溯那些前尘古事。

小时候，故乡的国槐下，常听老人们讲洪洞大槐树的传说：元末明初，山东、河北、河南一带受战乱和灾荒影响，人烟稀少。而山西则安定繁荣、风调雨顺、人丁兴旺。明政府曾从山西大规模迁民到山东、河北、河南等地开荒种田，发展生产。山西洪洞城北广济寺曾设局驻员集中办理移民，寺旁有棵"树身数围，荫遮数亩"的汉槐，大槐树下就成了移民集聚之地。迁往外地的移民后裔就记住这棵大槐树。他们大多在新居院内、大门口栽种槐树，以表达对故乡的留恋和怀念。这古槐，是不忘祖先，热爱故土家园的情感依托。

求学时，与定州文庙院内两棵古老的国槐为邻，古槐主干已枯，然而每到夏日依然枝繁叶茂，浓荫蔽日，站在树下神清气爽。据《定州志》

载，古槐为苏轼被贬定州时所栽，"东者葱郁如舞凤，西者槎丫竦拔如神龙"，又名"东坡双槐"。古老的国槐，因为名传千古的文化大家，罩上一层瑰丽神奇的色彩。

工作后，夏日出游，许多城市道旁，棵棵国槐枝叶相拥，将阴凉延伸到远方。国槐是首都北京、山东泰安、河北保定等许多城市"市树"。"市树"的殊荣得之无愧：它生命力强，高大茂盛，花香淡雅，可以美化环境，对有毒烟尘抵抗性较强，而且病虫害不多，寿命长。槐花性凉味苦，有凉血止血、清肝泻火的作用，槐实能止血降压、泻热润肠。将槐树枝切段煎煮，对痔疮有良好的治疗效果。国槐的药用价值，在《日华子本草》《本草纲目》《药品化义》等古籍中都有记载。人们喜欢在槐荫下乘凉聚会，汉代有人因此认为"槐"是"望怀"之意，人们站在槐树下怀念远方来人。清朝以后，海外游子大量增多，国槐因寓意"怀念家国"备受青睐，成为国家凝聚力的象征物之一。

许多名胜古迹内，都可看到国槐的身影，它们历尽沧桑，以深厚的文化内涵成为灿烂中华文化的见证。泰山岱庙有一处"唐槐抱子"的景观，那棵古老的唐槐，上至帝王，下到文人墨客，多有诗文留存。但至民国时已奄奄一息，最后枯死于一九五一年。人们在唐槐的空腹内又植入一株幼槐，如今已是绿荫蔽日，长势喜人。

中华文化的古韵，像一棵棵生机依然的千年国槐，为我们投下浓密的绿荫。作为中华民族的后代，借文化国槐乘凉的同时，也应长成岱庙内那棵喜人的幼槐，新的时代，为中华文化增添新的内涵。

秫秸花，拔节梦

"蜀葵"——她的学名有着典雅的韵味，可让人觉得矜持而陌生。更喜欢看着她妖娆明媚的模样，微笑着喊一声"秫秸花"。她像活泼俊美的乡村女孩儿，爽朗的笑声会飘出自家院子，飞散到东邻西舍墙内。"秫秸花"，这透着乡土气的名字，才更适合遍生在村落里的她。

乡村长大的女子，有几个没种过秫秸花？

童年时，村里的家还清贫得很，院落不大，用秫秸围起的篱笆。父母在院里种几畦菜，我在菜畦边种几丛秫秸花。每到夏日，菜畦内葱茏着父母清淡勤俭的日子，菜畦边怒放着我侍弄出的绚丽缤纷：秫秸花茎秆亭亭，叶如绿裙，花似霓裳，姹紫嫣红。母亲说，爱花儿的女孩子，长大才漂亮；女孩子爱读书，长大有出息。父母忙碌的间隙管理他们的菜畦，我读书学习之余培育我的花丛。夏日黄昏，我在院里摆好桌凳儿，静静地读书写作业，偶尔抬头，各色的秫秸花，如无数张灿烂的笑脸，在眼前绽放。那样的瞬间，梦的花儿也会倏然盛开，那花儿与漂亮和出息有关，再埋下头学习浑身便充满力量。

菜畦边的秫秸花，第一年种下去，便年年开花，而且越长越高，越长越壮。几年后，她们已高过篱笆，墙内花开墙外艳了。

　　进城读书那年，我离开了那个有着篱笆、菜畦和秫秸花的院落。几年后，父母和弟弟也靠辛勤的劳动致富搬进宽敞明亮的新楼房。夏天回故乡，穿过一个个村庄，看到许多丛秫秸花，在敞开的镶着铜狮子的铁门内，在高大的院墙外，在别致的小楼前，在宽阔的马路对面，在茂盛的菜园边。深红，浅紫，淡粉，纯白，浓浓淡淡的色彩，擎起一片片烟霞梦境般的美丽。

　　如今，理解了女子的漂亮不止是有花样的容颜，读书内容日渐丰富，了解到秫秸花的习性和药用价值，也知道了有关她的一些典故和传说。据《西墅杂记》记载，明代成化甲午年间，日本使者来到中国，不认识栏前的蜀葵花，问后才明白，于是题诗："花如木槿花相似，叶比芙蓉叶一般。五尺栏杆遮不尽，尚留一半与人看。"蜀葵伸过五尺栏杆，尚有一半在外，足有一丈高。大概是由于这个典故，学名蜀葵的秫秸花，有了另一个好听的别名"一丈红"。相传，基都教的圣斯塔法诺在巴勒斯坦向众人讲解耶稣遭杀害的经过时，被犹太人以乱石击死。后来他托梦告诉主教，人们才找到他的遗骨。蜀葵被选来祭祀他，因此蜀葵的花语是"梦"。

　　蜀葵花语"梦"的来历让人伤感，乡村明艳的秫秸花，承载的梦却美丽而欢欣。高出五尺栏杆的一丈红，不正是我童年苗壮成长的梦？种花读书的女孩儿，不正是父母望女成凤的梦？处处开放的秫秸花，不正是乡村富裕美好岁岁拔节的梦？

淤泥之上

在盛产稻米的盘锦，稻田再寻常不过。十月末，寻常稻田早已收割。这一片非比寻常：千千万万穗饱满的果实已成熟干透，却依然在风中沙沙吟唱；阳光普照的金黄灿烂间，橘黄洁白相映的风车在远处旋转；近处，赭色阡陌纵横相通，还有木亭竹楼、艺术脸谱等别致造型。阡陌上人影繁密，一派欣欣然的尘世生机。

这片稻田之所以成为游人视野中的大美图画，是因为处于红海滩景区。稻田在向东西延伸的公路北侧，公路南边便是红海滩。

站在木制廊道上，低头看，黑黝黝的淤泥，稀稀烂烂、坑坑洼洼的淤泥，拥着一线浅水，蜿蜒而去。那浅水，也泛着淤泥的黑。泥与水，一路在白日下闪亮着，电光火石般，将一望无际的滩涂点燃。

燃烧的火焰，在视野中燎出一片酒红的大海。蓬蓬勃勃、苍茫铺展的酒红，典雅而高贵，热烈而深沉，如红酒般底蕴丰富，味道醇美。这辽远无边的红酒之海，任多少游人也畅饮不尽。云集而来的游人都醉了。朔风猎猎，乱发欢欣，一张张脸，燃起了迷醉的红焰。衣袂飘飘的男女老少，醉成各式各色的蝶，在木廊道上曼舞飘飞。酒红色是我多年的最爱，一颗矜持的心，如我翩翩飞扬的丝巾，早痴狂起来。丝巾飞离了我的颈项，我竟浑然不知。这丝巾怕是和我的心一样，想要离开我的身体，和满目酒红的焰火，燃烧到一起去。

轰轰烈烈在滩涂上延烧的酒红，是数万株高不盈尺的植物，碱蓬草。碱蓬草，俗称"盐荒菜""荒碱菜"，从这些名字中便知它们生长环境之苦，生命力之蓬勃。渤海滩涂的湿地，土质盐碱度高，植物很难生存。碱蓬草却把粗壮的根系深深扎下，茎挺直，枝清秀，叶纤美，身姿娇俏地稳立于淤泥之上。碱蓬草春日出土，颜色嫩红，日生月长，红色渐深，桃红、玫红、酒红，都是它顽强绽放出的生之美色。因其形色品性皆美，又有"翡翠珊瑚"的雅称。

这热情奔放的红碱蓬，以令人惊艳的美色覆盖了丑陋的淤泥，以其丰富营养改善着贫瘠的盐碱土质。它燃烧怒放的滩涂，小鱼小蟹食其茎叶，幸福安家；鸥鹭雁鹤悠然翩飞，自在繁衍。它们粗壮的根系为海滩的土壤脱盐，给芦苇提供了舒适的温床。因为数十里倔强绵延的碱蓬草，叶初黄、絮飞扬的苇滩，和稻田艺术区、各种美丽的动物一样，成了红海滩风景画廊的一部分。

与我同行的作家中，有一个娇巧玲珑的妹妹。她的文字，如延烧的碱蓬草般让人惊艳。曾以为，她是优裕环境中长起来的女子。这次一起参加笔会，几日同行同住，才知道她的身世。幼时因患脱发病而引发口吃和抑郁，嘲笑和冷眼曾让她深陷自卑的泥沼。她却不甘沉沦，工作生活的夹缝里，利用早起晚睡、乘公交坐地铁的时间读书写作，练习速读，练习演讲，如今已出版七本著作，到北大、清华、莫斯科大学等许多国内外知名大学演讲过，成了著名的新锐作家、励志演讲家。

生命长途，难免遭遇绕不开的沼泽淤泥，比如天灾、疾病、挫折，甚至过失。只要身心不陷落，精神不沉沦，如碱蓬草扎下粗壮的根系，让生命的美色热情绽放，拯救自己，也化育他人，淤泥之上，就会多出一片高贵典雅的醉人风光。

冬夜读月

　　三秋树删繁就简，拉开厚重的冬的帷幕。冬夜的舞台，萧瑟而寂静。光华流泻，四面八方地铺展开来。无论城市还是乡村，一幕一幕，空中的月亮，都是醒人心目的角色。

　　乡村夜阑，朔风凛冽，通往镇上中学的小路，脚步声踏着几声犬吠由远而近。是几个勤奋的学子，下晚自习归来。弯月在天，高悬美丽的憧憬。"大漠沙如雪，燕山月似钩。何当金络脑，快走踏清秋。"滤去李贺不遇于时的感慨与愤懑，高擎于少年胸中的，是奇才异质、纵横驰骋的远大抱负。

　　都市一隅，温暖的书房。有谁轻掀了素美的帘，任窗外的皎洁淌进。举首低眉之际，故乡的面目，便在月光的水波中荡漾。城里冬天的舒适，焐不暖一颗思念的客心。遥远的故乡，野旷天低，圆月近人，满满的冬月就是一颗夜的太阳。月光多少次照亮母亲瘦弱的身影，清冷的夜，有温暖的柴垛，有闪亮的灶火。落叶熏热的火炕上，母亲缝一件松软的棉衣，抑或纳一双厚厚的棉鞋。离乡背井，月光如霜，李白的情愫穿越千年，皓月当空，依然牵动着天下游子，遥望故乡的方向。

冬雪初霁，洗净了茫茫夜空，涤清了朗朗明月。安宁的夜晚，风冷人稀，行走月下，足音跫然。冬月如镜，映出一幅幅不朽的画面，冬月如琴，奏出一曲曲不老的情歌："明月松间照"，流于石上的潺潺清泉，仿佛枝头漏下的缕缕月光，莲动舟行，浣女相嬉，幽清高洁，是诗情画意的理想和谐；"夜吟应觉月光寒"，痴情男儿对月独吟，苦着心上女子晓妆对镜，抚鬓自伤的相思，丝尽烛残，是百转千回的真爱无悔；"会挽雕弓如满月"，一轮满月，照着两鬓染霜的文坛领袖，雄心不老，还惦着戍边卫国，勒石建功，是老当益壮的报国豪情……

腊月严冬，一泓上弦月，是一道微笑的弯眉，对着墙角的数枝寒梅。缕缕芬芳里，腊八粥的醇香，团圆年的甘甜，隐在冰冷的幕后微笑着招手。城市园林的草草木木，在月光下孕育着饱满的花事长势；乡村田野的畦畦麦苗，在月光下的沃土中准备着绿箭齐发；城市乡村的老老少少，在月光下积蓄着奋发的能量，冬天过去，迎接他们的将是蓬勃希冀的春。

冬夜读月，月光展开横亘古今的美丽长卷，月光弹拨动心弦的醉人乐章。冬夜不眠，不妨昂首对月，读出一幅幅五彩斑斓，读出一曲曲妙音流转。

草木清简，冬山不语

　　向往是一张弓，把我射出温暖的家和喧嚣的城。乘着车的箭矢，一路向西北入房山景区。穿过一渡至十渡间曲折平缓的路，再上九曲回环通向陡峭山顶的红井路。

　　一路岑寂。草木清简，冬山不语。繁闹了三季的旅游公路和沿途景点，也如删减去茂叶的树枝和褪去亮色的山岭，疏朗简净，沉默清宁。在隆冬的天气，驱车闲行，下车静看，遐思漫想。

　　草木灰黄，颜色单调，且样貌清癯，却尽显简约清逸的希望之美。

　　落尽繁华的乔木枝丫，枯萎了叶子花果的灌木和山花山草，在远远近近的视野中，写意或素描出朴质多姿的画图。舒向天空的手臂林，垂向大地的发丝瀑，飞向八方的虬龙舞凤，扒紧崖缝的珊瑚丛……更多自然天成的形状，皆简约清逸，让人想不出合适的语言形容。枝丫怀抱的鸟巢，如山间分散的房屋，是寒风中最温暖的形状。

　　我走在石径上，偶尔，在一棵树、一丛灌木、一株野花前驻足。北风猎猎，漫山遍野的寒冷，冻疼了裸露的脸和耳朵。叫得出叫不出名字的乔木和灌木，枝丫上冒出了细细密密的小犄角儿。我想起城里常见的玉兰，深秋时节，叶子未落，毛茸茸的花苞已探头儿探脑儿；三九严寒，萧疏枝头悄然膨胀的无数支花苞，马不停蹄孕育着早春盛大的花事。山间不起眼儿的小犄角，从枝丫上冒出的时间，是在初冬，还是更早的深秋？它们在春风里脱去朴素无奇的灰黄外衣时，将绽成柔嫩的枝条、鲜绿的叶子，还是明丽的花朵？无从知晓。但我能确定，它们如三九隆冬悄然膨胀的玉兰花苞一样，掩藏着由深根向外涌动的无限生机。

冬日的山里，几乎没有游人和车辆，鸟声也稀少。冬山不语，石壁上层层叠叠的褶皱更显暗淡，峭壁更陡，山脊更瘦。逢霜遇雪，"千山鸟飞绝，万径人踪灭"，峰峦将更枯寂吧！然而深扎于贫瘠土壤和岩石缝隙的草木之根，默默蕴积着千千万万句美丽的言语。只待春风一开口，漫山遍野的绿意花香，翩翩嘤嘤的蜂蝶飞鸟，便滔滔不绝地倾吐出来。

草木不经风刀霜剑下清简的轮回，峰峦就无从重复"野芳发而幽香"的春日生机，"佳木秀而繁阴"的夏日盛景，"霜叶红于二月花"的醉人秋意。草木峰峦的繁华，是真正的繁华。岁岁轮回，三季繁华盛开于外，可视可听、可嗅可触，最易招人赶赴；冬日繁华涵养于内，在外表的清简沉默中，战胜恶劣环境，完成生命的更新。内在的繁华根深蒂固，源源不息，季节的轮回才周而复始，外在的繁华才长盛不衰。

在人迹寥寥的冬日山间，亲近草木，默对峰峦，峰峦也似把我作了知己，无言地诉说着繁华的真谛。

四季轮回，人生也避不开繁华凋零的冬天。北风起时，不妨学草木峰峦，外表清简不语，在深心里孕育一片片繁盛的青翠，一季季绚丽的花开。更高的境界，是在尘世繁华里，自觉开启一段段冬日时光，删繁就简，清宁不语，韬光养晦，自我更新，默默蓄积喷薄而出的力量。如此，生命的繁华才源远流长，才不会沦为浮躁和喧嚣。

196

窗外的村庄

　　高楼林立的城边，当地平线上漾起一抹红霞，灰黑的屋顶，高擎着手臂的枝杈，小心翼翼栖在枝杈间的孤巢，曲折而上的炊烟，都在这冬晨的背景前现了身，披一层淡淡的红晕，静默在高楼的窗外。村庄从梦中醒来，却听不到几声鸡鸣和狗吠。喜鹊和麻雀的声音也稀了，它们远离了城边的高楼，栖息在何方？

　　红霞水一样向上漫溢，颜色变成橘红，淡黄，最后变成遍天的阳光。上午的村庄依然静默着，像一座空城。空城向南，给城边的楼宇一排单薄矮小的背。南面是田野，暗青的麦苗伏在土地上，静候着春风的召唤。麦田间偶有一两块空地，三四月间，那里会绽出几片金黄的油菜花，点亮春天和欣喜的眼。古老的公路和正在修建的铁路交叉而过，将邻村的田野割成很小的三角。

　　村庄静默着，她的孩子们，在城里奔波着。那个矮瘦的小伙子，站在货车旁，车上是一箱箱沉重的家具。他一件一件将箱子挪下车，背到背上，腰弯了近九十度，速度极慢地挪动着脚步，将箱子挪入楼门，挪上电梯，升到高层，再将箱子挪进我的新居。如此往返，近一小时，箱子才全部挪完。看他头上冒汗，我执意和他抬一个长而厚的箱子，手沉下去，身子低下去，全身的力气顿时被箱子一角抽干。组装家具时，小伙子娴熟地拆着包装，拼接着板材，用电锤将螺丝打进钉眼，大床、书橱、写字台、椅子，便在刺耳的声音里站立起来。中午时，我要小伙子先出去吃饭，他摇头，说下午还有两三份家具要送要组装，耽误了时间，活就干不完了。我出去买回些快餐和矿泉水，他狼吞虎咽一会儿，又埋头专注于一个个箱子前。

学校里烧锅炉的老人，和小伙子同住在城边的村子里。校园内闲置的泥土，全被他种上蔬菜，韭菜，豆角，黄瓜，茄子，西红柿，辣椒，白菜……就连水房前的甬路边，都被他栽上南瓜丝瓜，长长的藤蔓爬满他搭的架子。老人抱怨，好好的村子，给分成两半。一半村民留在村里，另一半村民，宅院变成小区的高楼，失去房屋的他们，住进开发商建的回迁房里。村里的地也越来越少了，他家每人只剩下三分地，种不够啊。

那日黄昏，晚霞染红西天，静默的村庄突然有了声音，有人在和着鼓乐，声调哀婉地唱，定是谁家的老人离去了。这悲戚的戏子的吟唱，竟穿透高楼的双层玻璃，让人感到村子里应有的生气。村子本来就该热热闹闹的啊，逢年过节，婚丧嫁娶，孩子满月，谁家有学生考上大学，放鞭炮啊，吹啊，唱啊，乡亲们奔走着串亲访友，道喜或者吊丧，奔走出热热闹闹的乡情。这份热闹里，少不得彩霞烟霭、树田环绕的背景，也绝不该缺少鸡鸣狗叫，鸟啼与虫声。这样的村庄，才是城里游子魂牵梦绕的故乡啊。

又是春节将至时。我伫立窗前，望着静默在城边的村庄，盼着一声声鞭炮次第响起，还村里人一份应有的热闹与喜庆；也盼着城市的脚步能放慢些放轻些，让村庄永远伫立在城边，让城里的游子可以凝神观望，聊慰一份浓浓的乡情。

提高现代文阅读和写作成绩的金钥匙

王继颖作品
阅读试题详析详解

给人生加一道花的篱笆（有删改）

盛夏，全家去吉林省大山深处探访亲戚，迷了几次路才找到亲戚所在的小村庄。村外公路狭窄，一家又一家石头加工场白烟升腾、机器轰鸣。村里房屋低矮，住户稀疏，才下过雨，蜿蜒的土路泥泞……

归来之后，却常常记起那个小村庄，因为亲戚邻居那灿烂的笑脸，因为他家那道鲜花盛开的篱笆。亲戚邻居是个中等身材、五六十岁的男人，他家院落并不宽敞，院子东、西面是别家的石墙。（A）院子北面，繁花似锦的各色六月菊，密密麻麻，交织成两道五彩缤纷的花篱笆；两道花篱间，藤条弯成的月亮门，缠绕着凌霄的绿叶红喇叭；月亮门向外的路两边，妖娆着数不清的粉

1

紫大丽花。繁枝茂叶的绿背景，烘托出成千上万朵绚丽的花。主人大概常浇水喷洗，所有的花，都清丽明净，如刚沐浴过的婀娜女子。

邂逅这么多美艳动人的花，我欣喜地驻足，看不够，就用手机拍。一张笑脸从月亮门里迎出来，朴素、热情又亲切："你们是远道来的吧，去老钱家？"他指着近旁一户人家。

我的心全在花上："这么多花儿，太漂亮啦！全是您养的？"

"是啊，每年都养，习惯了。花儿也一年比一年好看。要是喜欢，走的时候拣大朵的，摘些带回去——哪朵好看，尽管摘，回去插花瓶里，也能开几天。"男人语调不高，温和的声音里透着欣喜。（B）他含笑看花的眼神，像是在看自己的一群美丽的女儿。

我没带走一朵花儿，我不愿带走一朵花儿。那绚丽缤纷的花儿，洋溢着美丽温和的芬芳，应该绽放在枝头，而不是萎谢在瓶中。虽生活在石粉包围的偏远山村，因为这鲜花盛开的明媚篱笆，男人平凡的日子和生命，一定不缺少希望和滋味儿。

归路上，我们绕道丹东，坐船游鸭绿江。在中朝交界的水域，皮肤黝黑的朝鲜老乡驾着简陋的小船靠近游艇，售卖烟酒等物品。交易结束，朝鲜老乡望着游客们，指指自己的嘴和肚子。导游解释，他饿了，哪位游客有吃的喝的，可以送他一点儿。游艇上很快伸出两只纤细白嫩的手，那是一双年轻女子的手，左手一袋煎饼，右手两只鸡蛋。女子的身姿和脸庞隐在人丛中，却不妨碍她那双送出关切的手定格成永恒的镜头。

这女子关切之手送出的善意，宛如大山深处鲜花的篱笆。鲜花的篱笆，又与一段视频关联起来。那是几年前一个文艺节目的片段。拾荒歌者幼年丧父，少年外出打工，因贫穷和知识贫乏找不到正式工作，除了打零工，更多是在城市的垃圾桶前翻找生活。常夜宿街头的他，到中年还未成家，甚至不知自己确切的年龄。他却一直热爱读书和唱歌，热心照顾朋友的家人。在节目中，他怀着梦想倾情献唱，眼神干净，歌声纯粹。"我一直相信，世界上有很多美丽的东西，我也想成为其中一部分。"他的善良和执着编织出的也是一道花的篱笆。我们无法洞悉拾荒歌者的人生，在视频里邂逅，却被深深感染，一下子沉静下来，对世界多了敬畏之心。

白驹过隙，忙忙碌碌间，除了至亲好友，我们很难走进更多人生命的院落，也难以邀请更多人走进我们生命的居所。然而，作为世间众生，我们却可以以美好的情趣、温暖的善意，以热爱和执着等，为生命加一道花的篱笆，让路过我们生命的人，分享一片明丽，一缕馨香。

1. 依据选文内容，完成下面表格。

人物	事件	品质
亲戚邻居	a	美好的情趣
年轻女子	b	c
拾荒歌者	参加文艺节目，怀着梦想倾情献唱	d

2. 选文第六自然段中，"我"为何"不愿带走一朵花儿"？请用原文语句回答。

3. 请概括选文题目"给人生加一道花的篱笆"的两层含义。

4．请你从画线的 A、B 两处中任选一处，结合语境进行赏析。（提示：可从描写方法、修辞、情感等方面任选角度）

5．文中所写的三个小故事让人感动，你身边一定也有类似的人和事，请描述出来与大家分享。（写出一例，至少用一种修辞手法）

参考答案：

1．a.打理出美丽的花篱笆 b.送食物给朝鲜老乡 c.温暖的善意 d.善良和执着

2．那绚丽缤纷的花儿，洋溢着美丽温和的芬芳，应该绽放在枝头，而不是萎谢在瓶中。

3．①指深山里亲戚邻居打理出美丽的花篱笆来装点自己的生活；②指用善良、执着等美好的品质装点人生，感染周围的人。

4．A 示例：景物描写，细致描绘出亲戚邻居家绚烂明媚的花篱笆，表达了"我"的惊喜、赞叹之情，衬托出亲戚邻居对生活的热爱。

B 示例：运用比喻，将花儿比作"一群美丽的女儿"，生动形象地描写男人对自己花儿的欣赏，表现了他对花儿由衷的喜爱之情。

5．示例：体育测试中，我们最怕长跑。实习老师来了，她每天放学带我们一起跑步。她总是笑着鼓励我们："奔跑是人生最美的姿势，加油！"她像春风一样和煦，深深感染了我们。于是，奔跑的长龙成了校园最美的风景。

乡思一畦菜

单位大门内，门卫师傅贴墙根儿种了一畦豇豆角。细竹竿上，蔓叶攀爬，葱茏出一片绿锦，很快又有小白花绣上去。白花谢后，细长的嫩豆角从藤叶间探出身来，那姿态，很像身材修长的门卫师傅站在大门外眺望的姿态。孤独守门的师傅，一定时刻怀想着几十里外的乡土田园，牵念着他守望田园的妻子。

师傅闲不住，把小小门卫室收拾得窗明几净，每日打扫单位的大院子。勤劳如此，他故乡的院落，墙内或墙外，一定年年种几畦菜，像许多农家一样。守门的日子宛如一篇漫长的流水账，次第成熟的豇豆角，是一个离乡农人的文字。上弦月是逗号，圆月是句号。逗号句号的变幻间，妻子偶尔来门卫室替换师傅回家。师傅守门孤单，幸好还可以偶尔回乡，亲近土地家园。清晨或黄昏，他站在自家菜畦边，和亲友叙着闲话，霞光给他整个身心，披上一层喜气。

故乡的老院子，篱笆内外的蔬菜，将我的童年生活，葱茏得活色生香。玉米秸围的篱笆充作院墙，东篱外一大片菜园，是父母种的。韭菜、茴香、大蒜、茄子、豆角、青椒、辣椒、西红柿、大白菜……时节变幻，清鲜的蔬菜应时应季赶赴饭桌。西篱内几畦黄瓜，是我和姐姐的责任园。上学之余，学习种菜，点种、浇水、搭架、摘瓜……我们俩还在菜畦周围种上凤仙花、六月菊、大丽花、美人蕉等，给黄瓜架穿上了绣花裙儿。夏秋季的早晨，篱笆上缀满紫红的喇叭花。懵懂年纪，关于土地的神奇、

5

劳动的意义，我最早在蔬菜畦和花间得到启蒙。

一直喜欢"家园"一词。我以为，生在农村，家中有院，院内或院外应时应季葱茏着蔬菜，这样的人，会更深地理解"家园"、眷恋家园，离开家园也会魂牵梦萦。

我十五岁走出故乡的老院子外出求学，一晃就过去三十年。父母姐弟等亲人搬离小村后的十几年，老院子只能葱茏在魂梦里。盛夏六月，难得的机缘，再次走进我家的老院子。父母和弟弟搬离时，我家已是高墙大院，高低十间房子，整洁漂亮得很。多次入我梦境的华美宅院，彩色的木门窗油漆斑驳，在眼前现出沧桑的容颜。倒是院子里的一片蔬菜，长势旺盛，茁壮得很。租房的外乡生意人，也来自农村，种在我家老院子里的蔬菜，葱茏着他们的乡思。站在一片繁茂的记忆里，突然意识到，我再也回不到养育我长大的家园了。

单位两老兄，一精通摄影，一工于书法；又有两姐妹，一文采不凡，一擅长琴艺。四人都来自农村，工作生活的余暇，种菜为乐。先是在城西每人租一分地，四五年的时光，种收之外，翻地施肥间苗拔草等细节，都似地道农人。孩子都已长大，城里小家吃饭者寥寥，种出的菜哪里吃得清，馈赠亲友是寻常事。城西的地不再外租，失去菜地的四人，开着车围着城郊转圈，大半天时间，东西南北找地。那失魂落魄的样子，他们自己都觉得可笑。终于，在城西找到一小块可以种菜的地，皆大欢喜。那块地，不过是别人弃置的厂区。兄长姐妹赠予我的蔬菜，颜值不高，却纯净清鲜，有故乡的味道。

我把故乡的蔬菜，种在文档里。魂牵梦萦的老宅院，坐落在文字的村庄里，院内院外的蔬菜畦，点缀着各色的花儿，葱茏成一幅永不褪色的油画。故乡的景物人事，都如我少年时。

1．文章以"乡思—畦菜"作标题，有什么意义？

2．文章主要写了哪些人和事，串联这些事的线索是什么？

3．第二自然段中加横线的话运用了哪种修辞？有怎样的表达作用？

4．"葱茏"一词在文中出现比较多，请找出用意不同的两处，并作简要赏析。

5．最后一段话，表达了作者怎样的情感？

参考答案：

1．借物抒情的拟题，表现出由种一畦菜而引发和追忆乡思情的主题。

2．看门师傅种一畦豇豆角；童年，我和姐姐向父母学种菜；单位四同事合伙侍弄菜畦。乡思。

3．运用了比喻的修辞，生动形象地写出守门人的日子平淡无奇，天天如是，以及他对生活的热爱和对家乡的思念。

4．第四自然段的"葱茏"表示蔬菜繁密茂盛的样子，第五自然段的"老院子只能葱茏在魂梦里"则表明老院子或老院子里的菜畦多次在梦乡出现。

5．用比喻的修辞方法，表现出作者对故乡菜畦及蔬菜的热爱。虽然不能及时回故乡，但可以用文字来追忆儿时故乡的模样，也就表达了对故乡的怀恋。

春天的心（有删改）

眉眼鹅黄的柳枝轻（佛 拂），春色就仿（佛 拂）水波一样荡漾开去，春意一天天浓起来。

早晨，我骑自行车去学校听课。进入校门，一个梳马尾（辨 辫）的女孩儿迅速跑到我面前，敬个队礼，说："老师，我帮您推车吧！"话音刚落，她微凉的左手已触到我的左手，落在车把上。我松开扶住车把的手，女孩儿推着车快步走向不远处的车（蓬 棚）。她将车摆放好，上了锁，又转身跑向我。我接住女孩儿递过来的钥匙，心底开出一朵温暖的花儿。

我去一年级教室听课，坐在最后一排课桌边。做记录时，我占用了右边课桌的一角，这一角的主人是个小男孩儿。他尽量将书本往右挪，给我腾出稍宽些的桌面。老师指名让一个同学读课文，我想看一眼男孩儿的书。我扭着头，目光落到他打开的书上寻字句。男孩儿知晓了我的意思，将课本推到我眼底，左手按着打开的书页，右手食指牵引着我的目光，随着同学读出的字句轻轻移动。我怜爱地注目他，小小的身子穿着深蓝的校服，明亮的眼睛专注地看着书页上的文字。或许，下课后，这个小男孩淹没在穿深蓝校服的欢乐溪流里，我便再也（辨 辫）认不出。然而这份童真的善意，会如一朵纯洁的白玉兰，永远飘曳在春天的记忆里。

中午回家，我站在窗内向外望。麦田（蓬 棚）勃的新绿，像正在涨潮的海水，绿波在阳光下欢乐地涌动。麦田边的村子里，杨树枝在风中起舞，枝上有鸟在唱，在跳。谁家的院子里，桃花正芳菲。

桃花下，一对垂暮的老人，又一次耐过冬寒，满怀希望地坐到阳光里。老爷爷拿着一把刷子，漆他的旧三轮车。新漆是鲜绿的，是春天希望的底色。老奶奶背对太阳，微笑地望着老爷爷。这一幕，让人联想起"醉里吴音相媚好，白发谁家翁媪"。用不了几天，老爷爷就会慢悠悠地骑上三轮，载着老奶奶，去外面看花吧？

多美的春天啊！桃红柳绿间，更有着一颗颗春天的心，让我们感受到善良、温暖、希望。怀一颗春天的心，便永远有鸟语花香的人间四月天吧！

1．结合词句，用"√"在文中括号里选出合适的字。

2．联系上下文解释词语。

飘曳：＿＿＿＿＿＿＿＿＿＿＿＿＿＿＿＿

芳菲：＿＿＿＿＿＿＿＿＿＿＿＿＿＿＿＿

3．用"＿＿＿"画出文中一处景物描写的语句，并说说你从这样的描写中感受到什么？

4．这篇文章中不乏生动形象的语言，请你联系上下文，写出下列语句各指什么。

第三自然段中"穿深蓝校服的欢乐溪流"指的是：＿＿＿＿＿＿

第四自然段中"正在涨潮的海水"指的是：＿＿＿＿＿＿

5．文中写了春天里的三个生活细节，请你用简洁的语言分别概括。

6．根据你对文章的理解填空。

（1）题目和第⑥段中"春天的心"是 _____ 的心。

（2）"怀一颗春天的心，便永远有鸟语花香的人间四月天吧！"这句话的含义是：_____。

参考答案：

1．轻（拂） 仿（佛） 马尾（辫）（辨）认 车（棚）（蓬）勃。

2．飘曳：随风摇动。文中指男孩儿的善意将永远在我的记忆中闪动。

芳菲：花草芳香而艳丽。文中指桃花芳香而艳丽。

3．景物描写的句子：第一段；第四段"麦田蓬勃的新绿，像正在涨潮的海水，绿波在阳光下欢乐地涌动。麦田边的村子里，杨树枝在风中起舞，枝上有鸟在唱，在跳。谁家的院子里，桃花正芳菲。"画出一处即可。从这样的描写中感受到春天的美丽和生机勃勃。

4．第三自然段中"穿深蓝校服的欢乐溪流"指的是穿着深蓝校服快乐游戏的同学们。

第四自然段中"正在涨潮的海水"指的是麦田蓬勃的新绿。

5．答案仅供参考。一个女孩儿主动帮"我"把车推到车棚里；小男孩儿挪书给"我"腾桌面，又把书推到"我"眼底给"我"指点字句；花下的老爷爷给旧三轮车刷漆，老奶奶微笑地看着他。

6．（1）"春天的心"指的是善良、温暖、充满希望的心。

（2）只要有一颗善良、温暖、充满希望的心，人间便永远是春天。

阳光满窗

元旦放假前一天，狂风裹挟着寒冷，在小学校园里扫荡。我正瑟缩着站在讲台上给孩子们讲课，突然一阵稀里哗啦的爆响，教室后面窗子上一块松动的玻璃碎落到地上。呜呜的风声霎时闯进来，一排排针似的向骨头里刺。这所小学地处偏远乡村，交通极为不便，安块玻璃也是件不小的事。

开学这天，我随着预备铃声踏进校门，又看到那个碎掉玻璃的窗口，放假前稀里哗啦的声音冰碴似的溅到心头。我不敢想象怎样在冰窖般的教室里开始新年的第一课。

教室里人影晃动，不知愁的孩子们在快乐地玩耍。一个男孩儿看到我，迅速跑到窗前，窗子里绽开一张灿烂的笑脸。男孩儿挥着手大声向我问好，他的声音被教室里别的孩子听到，一张又一张笑脸凑到窗前，在热忱的招呼声里，明媚地绽放。有几张脸被挡住半面，却并不影响微笑的饱满；有的孩子索性就近搬个凳子站上去，以向我展示迎接的盛情。这个漏风的窗口，很快被笑容塞满。

我站在教室外，看着满窗的笑脸，感受着孩子们盛大的欢迎仪式，眼前闪烁着大朵大朵的阳光。我掏出相机，满窗的阳光定格成永恒。

第一个跑到窗口的男孩儿，俊秀的小脸盛开在正中间。来这所学校支教的第一天，我拎着大大的包裹走进校门。他正在校门口玩儿，看到我，友好地跑过来，喊一声"老师好"，便夺过我手中的行礼包，愉快地向宿舍挪去。

那个淡眉小眼儿、被窗框挡住嘴的男孩儿，个子很矮，顽皮得像只猴子。他的家，就在学校旁边。村子里常停电，停电时无法从地下抽水，中午我们常要面临无水之炊。这个男孩子，一听到上下课的电铃声换作哨子，就会跑到我跟前，向我讨了水桶带同学到他家抬水。矮小的他，吃力地抬着满满一桶水走进我们宿舍，满脸的善意和自豪。他笑盈盈地说："老师，我家的大缸里，随时给您存着水呢！

最后面那个站在凳子上的胖女孩儿，红红的圆脸像个熟透的大苹果。她的成绩，是班里最优秀的。为了鼓励孩子们进步，我坚持从城里买最好的糖果作为奖励。这个女孩儿，从不肯领取我的奖品，她每每笑着摆手，用甜甜的童音说："老师，您别花钱买糖果了，剪朵小花儿给我们就好，您来这儿教我们还要花车费，破产了怎么行！"

……

窗内的孩子们，是一颗颗小小的太阳，他们的笑容，散射着善良、淳朴、热心、感恩，是冬日里最温暖的阳光。隆冬腊月，内心的和煦驱赶着身体的寒冷。我又何尝不是别人世界里的太阳？新的一年，我会和懂得爱与感恩的芸芸众生一起，努力将人性的美好，开成大朵大朵的阳光。

1. 体味填空，写出文中加点词语在语境中的表达作用。

从第一自然段中"闯"可体会到＿＿＿＿＿＿，第二自然段中"冰碴似的溅到心头"生动表现出＿＿＿＿＿，"冰窖般的教室"形象地突出了＿＿＿＿＿，第六自然段中关联词语

"一……就……"让人感受到_____。

2．第四自然段中"盛大的欢迎仪式"具体指什么？为什么说这"欢迎仪式"是"盛大"的？

3．简要概括第五、六、七自然段所写的事情。

4．第八自然段省略了什么？联系上下文谈谈你的看法。

5．说说你对文章题目"阳光满窗"中"阳光"含义的理解。

参考答案：

1．风大而猛，我对寒冷的恐惧，教室的寒冷，小男孩热情善良、关爱老师。意思对即可。

2．"盛大的欢迎仪式"具体指孩子们将一张张笑脸凑到窗前，迎接老师。因为孩子们都跑到窗前来迎接，而且这是他们最朴素最真诚的欢迎仪式，所以说"这欢迎仪式"是"盛大"的。

3．第一个跑到窗口的男孩帮我拎行李；被窗框挡住嘴的男孩儿带同学到他家给我们抬水；胖女孩儿怕我花钱，不肯领我的奖品。

4．从上文写的三个孩子和下文"窗内的孩子们"，可知这一段省略了对窗内其他孩子的记叙和描写。

5．题目中的"阳光"有两层含义：一是孩子们的笑容像阳光一样灿烂；二是孩子们的笑容，散射着善良、淳朴、热心、感恩，像阳光一样温暖。意思对即可。

谁在乎纤柔的悲悯

横七竖八的手电筒光束照亮弯月下的树林。哀婉的蝉声从枝叶间漏下。高枝上凄凄唱着的蝉儿，似乎在为刚爬上树干的同伴惋惜。盛夏的晚上，每天都有一些人在树林里捉蝉蛹。蝉蛹含有丰富的蛋白质和多种氨基酸，营养和药用价值很高。在黑暗的泥土中潜伏了几年的小东西，黄昏时迫不及待地钻出地面，凭着生存本能抓住距自己最近的树干，开始一毫一厘地向上攀爬。它们怀着饱满的憧憬，期待竭尽全力地"破茧而出"，期待明天升起的朝阳，期待生命最后一季的歌唱和爱情。然而许多蝉蛹的期待，夭折在雪亮的手电筒光束里。

朋友晚饭后散步，见到许多人在树林里捉蝉蛹，竟也钻进树林，借着别人的手电筒光，专注而迅速地寻找。寻过几棵树干，他终于将第一只蝉蛹捉到手里。可怜的小东西，慌乱地在他手中挣扎，完全不能预知自己的命运。

一棵树，又一棵树……在交相晃动着的手电筒光束之上，弯月在树梢轻移着位置。那一晚，没带手电筒的朋友，居然寻到了五只蝉蛹。朋友的大手将它们带回家，轻放到纱窗上。几只蝉蛹面对夜色爬动一会儿，便静静地伏在窗前。窗下，坐在电脑前的朋友，在键盘上敲打一会儿，就将目光移向纱窗。不知过了多久，他的目光再次移至纱窗上，一只蝉蛹的背部裂开了一道缝儿！朋友站起身，目不转睛地凝视窗上的小东西。那道缝儿越裂越大，鼓出嫩嫩的背脊，浅淡的黄褐衬托着一抹儿淡绿。背脊鼓

14

出来，头部鼓出来，大半个身子已经鼓了出来！裂缝之上，柔软的蝉身努力挣扎，慢慢挣脱纱窗上的蝉蜕，背脊上的淡绿神奇地舒展，变成两只翻卷着的蝉翼！当柔软的蝉身和淡绿的蝉翼完全展开，一只美丽而崭新的蝉便在蝉蜕之上鲜活起来！从蝉蛹到蝉的蜕变，整整经过了两个多小时。继而，蝉身和蝉翼的颜色逐渐变深。蝉身和蝉翼的根部变成黑色时，新生的蝉在窗上扑了几下翅膀，在屋内飞了起来！此刻，朋友的屋内已诞生了五只新生的蝉。他欣喜地注视着这一个个"破茧而出"的新生儿，像注视着自己在键盘上敲打出的得意作品！随着扑翅膀的声音，朋友的窗内有了响亮的蝉声！

窗外的黑暗已变成鱼肚白，一夜没睡的朋友，心也随蝉完成了又一次蜕变。新生的蝉身子和翅膀已经有了可以高飞的硬度，朋友的心却依然柔软。他打开房门，将这几个新生儿一只一只放飞。五只蝉，向着树梢，向着自由，振翅而去。纱窗上的几只蝉蜕，被朋友移至葱茏的文竹上，翠绿的枝叶，衬着褐色的蝉蜕，别有一番生趣。

朋友是位年轻的作家，许多次，读他的作品，叹服他文字的美丽。原来，比他的文字更美丽的，是一颗柔软而悲悯的心。

"二十文章惊海内"的中国文化大师李叔同，常去高徒丰子恺家做客，且总喜欢坐在丰子恺家里那把旧藤椅上，然而每一次坐前总是先摇动一下那把年老失修的藤椅，好让藤椅里生出的小虫子在他坐下前平安走开。

清晨，退潮的海边，满是没来得及回到海中的鱼。一个男孩捡起一条又一条鱼，用力扔回海水里去。有人问他，这么多鱼，你救也救不完，谁会在乎呢？男孩手上不停，把一条鱼扔到海中，说，这条小鱼在乎。他又扔回去一条，说，这条小鱼在乎。

谁会在乎那些纤柔的悲悯？小鱼在乎，小虫在乎，小蝉在乎……我们身处的这个世界在乎！因为悲悯，草长莺飞，天蓝云白；因为悲悯，生命多姿，生活多彩。

1. 文中总共写了哪几件事？请用简洁的语言进行概括。

2. 请写出选文第一自然段中与开头画线句相照应的句子。

3. 请任选一个角度（如修辞、词语运用、情感等），赏析文章第三自然段中画线句子。

4. 第六自然段中，大师李叔同去丰子恺家中做客，为什么在坐下之前总要先去摇动那把藤椅？请用原文语句回答。

5. 根据你对选文的理解，请说出最后一自然段在结构、内容和情感上的表达效果。

参考答案：

1.（1）朋友捉蝉蛹，待它们蜕变成蝉后放飞。（2）李叔同摇动藤椅放走小虫。（3）男孩把搁浅的小鱼扔回海里。

2. 然而许多蝉蛹的期待，夭折在雪亮的手电筒光束里。

3. 画线句子运用比喻的修辞手法，把新生的蝉比喻成朋友自己最得意的作品，表达了朋友对它们的极度喜爱之情，也饱含着朋友对这些纤柔的生命悲悯的情怀。

4. 好让藤椅里生出的小虫子在他坐下前平安走开。

5. 结构上：照应题目，承接上文，总结全篇；内容上：自问自答，深情地写出我们所处的这个世界在乎纤柔的悲悯，并采用抒情性议论，使文章的中心得以升华。

取信于一张照片

电脑文件夹里有几张照片，碧绿的荷叶、粉嫩的荷花，映衬着年轻女孩儿纯净的笑脸。女孩儿正值最美的年纪，身姿娉婷，笑靥如花。她目光清澈地望着我，友好信任的眼神让我惭愧。

照片拍摄于几年前的夏天。荷花盛开的季节，一行人去白洋淀赏荷。到了淀边，组织者请了当地的导游陪同讲解。导游是个体态婀娜的女孩儿，白净清纯的脸庞和含羞带怯的神态，成了初出校门的标签。同行的朋友指着我嘱咐小导游："姑娘，你多给她讲讲啊，她是个作家，这次游玩儿后，说不定有惊人之作呢。"女孩儿微笑点头，腼腆的眼神里满是敬慕。

女孩儿始终近距离伴在我身边，讲解得认真细致，动情动听。因为怕忽视同行的人，她坚持用高音，两个小时下来，嗓子都有些沙哑了。因为女孩儿的陪同和讲解，我在乐享接天莲叶和映日荷花美景的同时，更深入地了解了白洋淀的革命历史和文化内涵。讲解的空隙，女孩儿还用我的相机给我拍了许多照片，为我这次出游留下许多美好的瞬间。我被女孩儿的清纯美丽和善解人意打动，见她手中没有相机，就想给她拍几张照片。女孩儿站到绿叶粉荷的背景前，嫣然而笑。她迷人的倩影和清纯的笑脸在我相机里定格成永恒。我要了女孩儿的电话号码和QQ号码，保存在手机里。与那两串号码关联的名字，是"荷花淀美丽导游"。我信誓旦旦地对女孩儿说："我回去后马上与你联系，把照片传给你。"女孩儿连声道谢，满脸满眼，全是信任和感激。

白洋淀归来，我将相机里的照片导入电脑文件夹里。看着小导游的可人照片，曾想过要马上联系她传过去，但因为手头的一些事情，便给自己找了拖延的借口。隔几天，在手机上翻查某个朋友的联系电话，看到"荷花淀美丽导游"几个字，也曾动过马上联系她的念头，却又因为某种借口作罢。总以为某个闲暇的日子，我会专门为这几张照片坐下来，给她电话或短信，加她的QQ，将照片传给她，隔着屏幕遥遥地赞她，成为她值得信赖的朋友。然而，一次次地想起，一次次地拖延，一月过去，半年过去，到如今，几年竟过去了。当我再次打开电脑文件夹，看到小导游的几张照片时，再想联系她，已经没有了任何线索。因为，游白洋淀半年后，手机被偷，"荷花淀美丽导游"的电话号码和QQ号码，成了永远不能破解的密码。

每每翻看电子文件夹，我都特意点开小导游的照片，久久地凝视她，在她清纯而信任的眸子面前惭愧自省。我的失信，一定在初出校门的女孩儿心中留下过失望的阴影！我不在意的借口和拖延，是否在女孩儿清澈的眼神中添了一丝对这世界的怀疑？或许，远方的她，早已将照片的事忘记。<u>然而，这几张照片，却常常提醒我，取信于他人，取信于社会，要从取信于一张照片开始。</u>

后来，我到过许多地方，相机上又留下过一些陌生人的照片。每次，我都要了对方的电话号码和QQ号码，回来后马上联系，将照片传过去。最近，从山西长治市长子县一所农村中学考察归来，整理好一个学生的照片，在QQ上添加好友时，因为少打了一个数字，加了另外一个人，当他得知我传照片的事时，为我的认真和守信所感动。我重新添加了那个学生的QQ，将照片一张张传过去，才松了口气。再次点开"荷花淀美丽导游"的照片，凝视她清纯信任的眼，心上的愧疚便又抽去一缕。

1. 给下列加点字注音。

身姿娉（　　）婷　　笑靥（　　）如花

2. 第一自然段中说"她目光清澈地望着我，友好信任的眼神让我惭愧"，请用自己的话概括让"我"惭愧的那件事情。

3. 选文第二自然段画线句子运用了哪种人物描写方法？其表达作用是什么？

4. 请写出对第五自然段画线句子的理解。

5. 文中的"我"因为一再拖延失信于小导游而对她心存愧疚。请联系自身生活，写写发生在自己身上的类似经历与感受（不超过50字）。

参考答案：

1. pīng　yè

2. "我"为小导游拍的照片，本来答应回去后马上传给她，却一再拖延，直到失去她的联系方式，再也没有机会弥补。每次看到她的照片"我"都会感到很愧疚。

3. 外貌描写，形象地写出了小导游的美丽、羞涩与清纯。

4. 画线的这个句子，是作者经过反省后得出的结论：取信于人，取信于社会，要从取信于一张照片开始。诚信无小事，哪怕是一张照片，许下诺言也一定要兑现。

5. 语句流畅切合题意，可以给满分；其他情况，酌情给分。

老兵的记忆

八十岁的老公公是个资深老兵，参加过辽沈战役、平津战役、抗美援朝战争。总以为他的记忆是一座宝库，就如他房间里的旧樟木箱，虽然古旧，却珍藏着许多罕见之物，比如各式纪念章、军功章、用炸药作颜料染黄的旧军装以及战争年代留存至今的泛黄照片。很多次，我尝试着发掘这座记忆的宝库。可老人家就像不愿轻易打开旧樟木箱一样，不是以要看电视节目为借口，就是说要去外面打牌听戏逛公园，笑着回避我的要求。

那一天，一家人其乐融融在一起闲聊。我再次请求："爸，讲讲您那些宝贵经历吧，我还想帮您写回忆录呢。"老人家微笑："现在生活这么好，我还没享受够呢，等我老得走不动了，再慢慢讲给你听。""那让我看看您箱子里那些照片吧！"老人犹豫一会儿，颤巍巍走到旧樟木箱前，打开锈蚀的铁锁，取出一沓泛黄的老照片。他从中挑拣出三张，坐到床边，说："这几张有代表性。"

我坐在老人身边，看他递过来的第一张照片。黑白的画面，一辆载满物资的军用卡车，车尾腾起滚滚的尘烟。汽车右上角，是一列闷罐子火车的车尾。照片后面有模糊的字迹："长春——祖国美丽的大地可爱的城市，我们怀着恋恋不舍的心情离开了她，因为我们优秀的中华儿女组成的志愿军，要去朝鲜保卫同样可爱的城市和乡村。汽车已上路，我们已出发。一九五三年元月十六日。"老人神色黯然："就是在长春车站，我含泪告别从几百里外赶来送行的父亲，踏上去朝鲜的征程。"

第二张照片，远处是连绵的秃山，近处是笨重的火车头，铁轨边是两间简陋的房屋。照片背后的小字也已模糊："这是朝鲜战争中的一个小站，它是钢铁运输线中不可磨消功绩的一颗重要螺丝钉。我们到朝鲜的前线就在此下车，我们的坦克旅第一次接触了英雄不屈的朝鲜土地。"老人面色凝重："援助朝鲜的战争生活从此开始，我们蹲在低矮的防空洞里，每天面临生死的考验。"

第三张照片上，是两排白衣战士，前排坐，后排站，年轻的脸都很矜持，却都挂着舒心的笑容。老人神态安详地说，这张照片是一九五五年末从朝鲜回国后在北京的部队医院拍的，远离了战争，过着和平安宁的日子，辛苦却感到莫大的幸福。

我的思绪在遥远的炮火中纷飞。从长春到朝鲜，再回到北京，在这期间，以及辽沈、平津战役时，不知老人家曾多少次出生入死，欣慰的是，他终于平安抵达和平的今天，安享着晚年的天伦之乐。

老人收起照片，神情肃穆："许多和我生死与共的战友，睡觉时我常梦到他们生龙活虎的样子，还有他们牺牲时的惨烈。那些记忆，太痛苦了，不愿再提起……"回味这番话语，回想老人突然从睡梦中醒来时惊惧的样子，我终于理解了老人不愿打开旧樟木箱，回避谈论战争的原因，蜜罐中长大的我，每一次请求，其实都揭疼了老人的伤疤。炮火中走来的老兵们，更愿封存伤痛的记忆，与我们一起，开心享受和平盛世的幸福与安适。

1. 给下列加点字注音。

矜（　　）持　　黯（　　）然

21

2. 文中三张泛黄的照片，记录了哪次战争？在提到这些照片时，老兵脸上的表情发生了怎样的变化？

3. 文中几次提到旧樟木箱，其作用是什么？

4. 老人为什么不愿意打开那个旧樟木箱？

5. 回忆现实或媒体中与新时代的兵有关的一个画面，用语言描绘，并写出感受。

参考答案：

1. jīn àn

2. 抗美援朝战争　神色黯然→面色凝重→神态安详。

3. 四次，结构上前后呼应，内容上为揭示中心蓄势。

4. 因为一打开那个旧樟木箱，老人就会被带入那些炮火纷飞的岁月，想起那些和自己一起出生入死的战友，想起他们鲜活的面容和死时的惨烈。睹物思人，心痛不已。

5. 要求描写清楚具体，写出感受。根据所写情况酌情给分。

尘俗小雅

闲翻《现代汉语词典》，邂逅"雅"字。读其义，竟有八种之多。众义项中，最青睐的，莫过于"高尚；不粗俗"。再查"高尚"，除指"道德水平高"外，还有与"不粗俗"相近之义："有意义的，不是低级趣味的娱乐。"

高雅，文雅，雅观，雅致，雅趣，雅兴，雅人，雅士……诸多"雅"词，都是高尚不俗的"雅"义绽出的芳花香朵儿。这些"雅"的花朵，盛放于大雅之堂，自是雍容大气；若点缀于庸常尘俗，也别有一番风情韵致。

我去位于城市边缘的小学听课。巷子尽头，学校小，教室也不宽敞。随便选了一节语文课去听。女教师很雅气，微胖的身材，暖色的衣衫，素净的脸，头发整齐地绾在脑后。她和风暖阳般在黑板前移动，在教室里行走。满室的孩子都蓬勃成春天的植物，洋溢着生机和活力。

教室里装有电子白板，教师若想偷懒，可以完全借助多媒体，一个字不板书。然而，上课伊始，她便习惯性地捏起一支粉笔。四十分钟内，那支粉笔一次次在黑板上欢快地舞蹈。课题，文章的线索脉络，关键词句，甚至易错的字和读音，都清晰地绽放在黑板上，如春天的次第花开。她的板书，端正洁净、规范整齐、美观大方，是课堂上悦目赏心的一景。孩子们书本上的字，也工整干净，与她的板书，有神似之处。

她的板书，让人想到汉字文化、书法艺术，想到传承。

课后交流，赞她的字。她谦虚："在书法方面，我还是个学生。"为练一手好字，提高书法素养，给孩子们示范，不负传承使命，她真的去做学生。暑假里，她顶着炎阳，穿过半座城，去书法培训班学习楷书。到培训班学习的，除了她，都是小学生和初中生。她坐在孩子们中间，专注地听书法老师讲楷书四大家"欧颜柳赵"，认真地学习执笔、运笔，一笔一画地用心临摹。凝神静听时，提捺顿挫间，已经四十几岁的她，雅情四溢，娴雅动人。

我们单位门外是一条小街。小街边有一个小摊，修自行车，配钥匙，也磨菜刀和剪子。城市虽小，可这样的小摊已为数不多，因为活计随生活现代化水平的提高越来越少。这个小摊边，却总围着一圈儿人。摊主黑瘦，一双粗糙的大手，长年穿的，都是旧衣裤。衣服颜色，是褪了色的灰、绿、蓝。只偶尔，他用粗糙的双手，补一条自行车胎，配一把钥匙，或捏一把旧刀在旋转的砂轮前。每天的大部分光阴，坐在摊后的他，膝上竖一把老旧的二胡，左手按琴弦，右手拉弓杆，随着曲子的旋律，一双粗糙的大手在空中翩然起舞。《二泉映月》《北京的金山上》《八月桂花遍地香》《牧羊曲》……变幻重复的旋律中，小摊上空的柳枝上，细雨中鹅黄的新芽，变成骄阳下茂盛的绿叶，又化作萧瑟风中金黄的蜻蜓。附近中学里的孩子，走了一茬又来了一茬，他的活儿仍不见多，他拉二胡的兴致却与日俱增。窄而喧嚣的小街，因他的雅趣而增了几分雅意。

我居住的小区花园内，夜色中常见两个男人，一老年一青年。老人是退休工人，青年是小区物业的杂工，谁家装修，他负责运送沙子水泥等材料。老人吹拉弹唱样样都会，青年便常在晚饭后来找老人聊天学艺。犹记得春天的月光下，怒放的紫丁香散着馥郁的芬芳。愉快的低语声，口琴、葫芦丝或手风琴的奏乐声，不时悠扬地响起。两个凡俗男人的雅兴，如丁香花的芬芳，沁人心脾。

人间四月，春花正盛。街心公园里，一群群凡俗的人，练太极，抖空竹，舞长剑，下象棋，吹拉弹唱，各得其乐。

人间的别称，"尘俗"算一个。既是"尘俗"，难免为工作繁忙，为生计劳碌，为喧嚣所扰，为老弱病苦所困。然而尘俗凡人的雅情雅致，雅兴雅趣，即使登不了大雅之堂，也会如路边的草木，应时应季地开出雅气的花来。尘俗小雅，让平凡的人生，多姿多彩，芬芳一路。

1．贯穿全文的一个关键词是什么？根据你的理解对这个词加以阐释。

2．联系全文，说说第一、二自然段有什么作用。

3．文中的女教师是一个怎样的人？

4．文章的第五自然段在全文中有什么作用？

5．文章最后一自然段是如何照应前文的？这样照应有什么好处？

参考答案：

1．雅；雅有高尚不俗之意，常见的词语有高雅、文雅、雅趣等。

2．从词典上对"雅"的解释引出话题，点出了全文写作的内容和基调。

3．文中的女教师是一个娴雅可亲、善学善教的人。意思对即可。

4．这一段是过渡句，起承上启下的作用。

5．文章最后一段，照应开头对"雅"的阐释，概括了文中写到的那些"普通人的小雅"也是多姿多彩，一路芬芳。这样照应既使文章结构严谨，又深化了文章的主题。

别把春天藏在心底

书房和阴面的阳台间隔着一道推拉门，因为冬日寒冷，这道门一直关着。春节前，我进入阳台搞卫生，随手推上了这道门。伴着一声金属的脆响，我的心"咯噔"一下：推拉门自动上锁了，锁扣在书房那一面，我被关在阳台上了！此时，家里没有别人在，我只穿一身保暖内衣，被冰冷的玻璃和瓷砖困在这狭小的空间内。阳台上没有地暖，寒意从脚下顺着血液往上升，瞬时就凉彻了心底。

家在五楼，跳窗出去，不可能；打电话给家人，手机又在卧室里；读大学的女儿还未放假，爱人在异地工作，纵是心有灵犀，父女俩也料不到我此刻被关在阳台上。等他们回来，太迟了。庆幸的是，同住一栋楼的公婆有我们房门的钥匙。我住二单元，他们住四单元。隔着玻璃，向窗下望去，院子里不见他们的身影。

我看到了另外两个熟悉的陌生人，一个是常推着轮椅锻炼的老太太，一个是护在老人旁边的中年女人。说熟悉，是因为她们住在三单元，与我是邻居，常在楼下见面；说陌生，是因为搬到这小区一年，低头不见抬头见，却从未与她们搭话，偶尔近距离地相遇，无意间交汇到一起的眼神瞬时避开，我不肯主动开口，连个灿烂的微笑也不肯抛出，这两个女人也便面容冷淡地沉默着。

老太太推着轮椅慢慢地挪，中年女人在老人身边呵护着。我望了她们一会儿，迟迟不好意思开口。真希望公婆尽快从楼道里走出来！可是，<u>过了一会儿，又过了一会儿，还不见他们的身影</u>。我的手脚已开始僵了，如果再不求助，两个女人进了楼，或许半天也见不到一个人影。真后悔平日里没有主动搭讪和她们熟悉起来，真担心，随着我的叫声，仰向我的依然是既熟悉而又陌生冷淡的脸。我拉开一扇窗，屋外的寒气顿时灌进来，我打了个寒战。

"大姐——"我寒冷的呼唤带着颤音。怕老人耳朵不好，我试探着喊中年女人。一声喊下去，楼下没有回应。我把嗓门稍微抬高些，再喊一声，还是没有动静。人家平时根本没听我说过话，不熟悉我的声音，很正常啊。"大姐！"我的第三声呼唤明显地带着焦急。这一次，大姐停下脚步，仰起头，看到了我，有些诧异地问："叫我吗？"我赶紧再喊一声"大姐"，说出遇到的麻烦，请她到四单元门外按响公婆的对讲机，让他们拿钥匙来开门。

大姐脸上露出善意的笑容："穿这么点儿啊，你先关上窗户啊，我马上就去！"平素动作缓慢的她快速向四单元跑去。她在四单元门外停留了好大一会儿，才又快步回来。我赶紧拉开窗，她又微笑着开口了："我按了半天门铃，里面没反应，是不是老人不在家？"我望向对着四单元的车棚，公婆的三轮车，果然不在。"大姐，谢谢你了。他们的三轮车不在下面，真是出去了。您快去陪阿姨吧，我等他们回来。"大姐关切地说："我把我妈送回屋，马上出来。"她护着老太太挪到三单元门外，开门时，又扭头望向我："快关上窗户，别感冒了！"

很快，大姐从楼内出来了，站在楼下，一会儿望望我，一会儿望望通往小区大门的路。我有些不忍，再次打开窗："大姐，外面冷，您回家做事吧。我在窗子里望着他们就好！""我不冷，家里也没什么活儿。别总开窗子，你穿得太少了！"

那天，这位我平时不理不睬的冷面大姐，终于等回我的公婆，满脸笑容地和他们说明了我的小麻烦，才冲我挥挥手走回楼里。在三九天冰冷的阳台上，我分明感到了春天的温暖。

从那天起，我才和这位熟悉的大姐真正熟悉起来，见了面，彼此笑容灿烂，目光柔软。她在屋内做饭，我也曾护着老太太按响她家的对讲机，等她春风满面地迎出来。与别的邻居间，也常常笑语相迎，互助互帮。原来，我们并不是冷面相对目光躲闪的陌生邻居，我们都有春天的品质。别把春天藏在心底，让春天的阳光洋溢到脸上，才会温暖别人的目光；让春天的花朵在行动中绽放，才会芬芳别人的心房。

1. 选文讲述了一个什么样的故事？请简要概述。

2. 结合语境，分析下面句子中两个加着重号的词语的含义。

从那天起，我才和这位熟悉的大姐真正熟悉起来，见了面，彼此笑容灿烂，目光柔软。

3. 结合语境，赏析句子。

（1）用波浪线在文中画出两个描写"我"感到寒冷的句子，并分析其作用。

（2）从修辞的角度，赏析第四自然段中画横线的句子在文中的作用。

4. 邻居大姐是怎样的形象？文章运用了哪些描写方法表现她的形象？

5．结合第九自然段中加着重号的句子内容，谈谈你阅读这篇文章后的感悟。

参考答案：

1．我搞卫生时不小心被反锁在阳台内，不得已向陌生的邻居大姐求助，大姐尽心尽力的热情帮助，让我感受到了春天般的温暖。

2．第一个"熟悉"指常见面，面孔熟悉，文中指大姐与我是邻居，常在楼下见面；第二个"熟悉"指不仅常见面，而且了解了对方，彼此交流互助，内心都感到亲切温暖。

3．（1）阳台上没有地暖，寒意从脚下顺着血液往上升，瞬时就凉彻了心底。我拉开一扇窗，屋外的寒气顿时灌进来，我打了个寒战。具体写出我当时所处的困境，不仅出不去，而且非常寒冷，衬托大姐的热心带给我的春天般的温暖。

（2）运用反复的修辞手法，强调公婆不从楼道里走出来的时间之漫长，表现了"我"等待的焦急，为"我"只能向陌生的邻居大姐求助做铺垫。

4．示例：邻居大姐是一个心地善良、热心助人、孝顺老人的形象。文中运用动作描写、神态描写、语言描写表现她的形象。

5．示例：邻居之间，不要把热情藏在心底，使本来应该很熟悉的人变得很陌生；大家要笑语相迎，热情相待，互帮互助，给予对方以春天般的温暖。

淡泊是富有的花朵

那次回家，母亲神秘兮兮地要我看一件宝贝。她小心翼翼从卧室里捧出的，是一个小小的瓷瓶。瓷瓶由十几片碎裂的瓷片粘合在一起。一条条一道道的裂缝影响了粉彩花卉图案的古朴典雅。

"妈，这东西是哪来的？"我有些莫名其妙。

"我早晨散步时，在河堤上一堆废砖乱瓦中捡回来的。这一片片的，我花了好长时间才粘好。"

"你帮我看看，这是不是古董？"期冀从母亲的脸上漾开，她鬓角花白的头发都染上了神采。

我接过瓷瓶，转了一圈，看瓶底。瓶底是一小圈白瓷，上面没有任何印迹。

我断定这不是什么宝贝，却又怕母亲失望，便笑笑，不置可否。

母亲是爱宝贝的。

母亲的卧室里，有一对真的宝贝。那是两个大的瓷花瓶。圆口、细颈、凸肚，光滑的瓶面上，粉彩的仕女雍容华美，形象逼真，呼之欲出。瓶底上印着"乾隆年制"的方形戳记。这一对瓷瓶，从我记事起，就在母亲的卧室里了。

最初，在那古旧低矮漏风漏雨的老房子里，每日吃着粗粮啃着咸菜，我们几个小孩子，并不认为这对瓷瓶是什么稀罕的宝贝。有一天，村子里来了个收古董的人。母亲爱怜地抱起一个瓷瓶，像轻轻抱起自己的孩子。她将瓷瓶抱出家门，抱到收古董的人面前，极轻又极稳地放在地上。那人蹲下身子，由外而里地细细察看，触摸，又轻轻地搬起瓷瓶看瓶底的戳记。一番鉴定之后，那人出价一千元要买走两个瓷瓶。那是二十世纪七十年代末，我家最困难的时候。那时的一千元，可以盖起几间崭新的瓦房。母亲犹豫再三，收古董的人极有耐心地等待着。最后，母亲抱歉地打发走了收古董的人，又将那瓷瓶轻轻地抱起，像是爱怜自己的孩子。

从那以后，除了搬家，母亲再不肯将瓷瓶抱出她的卧室。从古旧低矮的老房子到雕梁画柱的高大瓦房，再到舒适气派的三层小楼，瓷瓶一直伴在母亲身边，无数次被她用粗糙的手小心翼翼地擦拭。

这对瓷瓶，是姥姥家祖传的宝贝。姥姥家拆旧房子时，这对瓷瓶就转移到了我家，安放在母亲的卧室里。姥姥家的新房子盖好，母亲提出要将瓷瓶抱回去。姥姥说，七个孩子中，六个都读了许多年书，只有母亲早早辍学，十二三岁就成了家里的劳动力。瓷瓶就别搬来搬去的了。没读过几年书，是母亲一生的伤痛。而这对珍贵的瓷瓶，独独落户在我家。姥姥的这番话或许给过母亲很多温暖和慰藉吧。

我们姐弟三个一直以为，这对瓷瓶就像旧时代大户人家陪嫁的宝贝，是姥姥婉转地许给了母亲，作为对母亲幼年辍学回家劳动的补偿。

我们以为，这对瓷瓶会一直在母亲的卧室里，陪伴母亲幸福美好的晚年时光。然而不久前，母亲用毯子把这对宝贝瓷瓶包裹好，让弟弟开车陪她送回了姥姥家。

我们不解，母亲说："我看电视上的鉴宝节目，知道了那两对瓷瓶的价值远不是三十多年前那一千元可比。我们姐弟七个，这瓷瓶不能独属于我。虽然他们六个退了休的挣工资，做生意的赚大钱，我既没工资，也不能赚大钱，但我有勤劳的双手，有健康的身体，有孝顺的儿女，有乐观的心态，有幸福的生活，这比瓷瓶重要得多……"母亲释然地微笑着，她眉目间和心底盛开的淡泊，是这滚滚红尘里富有而动人的花朵。

1．这篇文章是围绕什么线索展开叙述的？
2．母亲为什么把从废砖烂瓦中捡回来的瓷瓶粘好，还认为这是古董？这样写有什么作用？
3．"我"断定母亲捡回来的瓷瓶绝不是宝贝，为什么又"不置可否"？
4．从所写内容、描写方法和修辞运用的角度，分析文中两处画线句的表达效果。
5．文章最后一段话有什么作用？

参考答案：
1．瓷瓶（或母亲对宝贝的爱）。
2．因为母亲是爱宝贝的。这样写更能突出母亲送回瓷瓶的淡泊情怀可贵动人。
3．"我"知道母亲爱宝贝，怕母亲失望，所以"不置可否"。由此可见"我"的一片孝心。
4．内容上都写母亲抱瓷瓶，都运用了动作细节描写和比喻修辞，"轻轻地抱起"，把花瓶比作母亲怀里的孩子，生动形象地表现出母亲对宝贝瓷瓶的珍爱。
5．揭示母亲把瓷花瓶送回姥姥家的原因，表现她的淡泊情怀，照应文章的题目。